D0802506

MAIGRET
ET LA
VIEILLE DAME

OUVRAGES DE GEORGES SIMENON
AUX PRESSES DE LA CITÉ (suite)

« TRIO »

PRESSES POCKET

A LA N.R.F.

ÉDITION COLLECTIVE SOUS COUVERTURE VERTE

MÉMOIRES

GEORGES SIMENON

MAIGRET
ET LA
VIEILLE DAME

PRESSES DE LA CITÉ

CHAPITRE

1

LA CHATELAINE DE « LA BICOQUE »

Il DESCENDIT DU PARIS-
le Havre dans une gare maussade, Bréauté-
Beuzeville. Il avait dû se lever à cinq heures et,
faute de trouver un taxi, prendre le premier métro
pour se rendre à la gare Saint-Lazare. Maintenant, il attendait la correspondance.

— Le train pour Etretat, s'il vous plaît?

Il était plus de huit heures du matin, et il
faisait grand jour depuis longtemps ; mais ici,
à cause du crachin et de la fraîcheur humide, on
avait l'impression de l'aube.

Il n'y avait pas de restaurant à la gare, pas
de buvette, seulement une sorte d'estaminet, en
face, de l'autre côté de la route, où stationnaient
des carrioles de marchands de bestiaux.

— Etretat? Vous avez le temps. Il est là-bas
votre train.

On lui désignait, loin du quai, des wagons
sans locomotive, des wagons d'un ancien modèle,
au vert duquel on n'était plus habitué, avec, derrière les vitres, quelques voyageurs figés qui

semblaient attendre depuis la veille. Cela ne faisait pas sérieux. Cela ressemblait à un jouet, à un dessin d'enfant.

Une famille — des Parisiens, évidemment! — courait à perdre haleine, Dieu sait pourquoi, enjambait les rails, se précipitait vers le train sans machine, et les trois enfants portaient des filets à crevettes.

C'est ce qui déclencha le déclic. Pendant un moment, Maigret n'eut plus d'âge et, alors qu'on était à vingt kilomètres au moins de la mer, il eut l'impression d'en sentir l'odeur, d'en percevoir le bruit rythmé; il leva la tête et regarda avec un certain respect les nuages gris qui devaient venir du large.

Car la mer, pour lui qui était né et avait passé son enfance loin dans les terres, c'était resté ça : des filets à crevettes, un train-jouet, des hommes en pantalon de flanelle, des parasols sur la plage, des marchands de coquillages et de souvenirs, des bistrots où l'on boit du vin blanc en dégustant des huîtres et des pensions de famille qui ont toutes la même odeur, une odeur qu'on ne trouve nulle part ailleurs, des pensions de famille où, après quelques jours, Mme Maigret était si malheureuse de ne rien faire de ses mains qu'elle aurait volontiers proposé d'aider à la vaisselle.

Il savait bien que ce n'était pas vrai, évidemment, mais cela lui revenait malgré lui chaque fois qu'il approchait de la mer, l'impression d'un monde artificiel, pas sérieux, où rien de grave ne pouvait advenir.

Dans sa carrière, il avait fait plusieurs enquêtes sur le littoral et y avait connu de vrais drames. Pourtant, cette fois encore, en buvant un cavaldos

au comptoir de l'estaminet, il fut tenté de sourire
de la vieille dame qui s'appelait Valentine et de
son beau-fils, qui s'appelait Besson.

On était en septembre, le mercredi 6 septembre,
et c'était encore une année où il n'avait pas eu le
loisir d'aller en vacances. Vers onze heures, la
veille, le vieil huissier était entré dans son bureau, au Quai des Orfèvres, et lui avait tendu
une carte de visite bordée de noir.

Mme Veuve Ferdinand BESSON

La Bicoque

Etretat.

— C'est moi qu'elle demande personnellement?
— Elle insiste pour vous voir, ne fût-ce qu'un
instant. Elle prétend qu'elle vient d'Etretat tout
exprès.
— Comment est-elle?
— C'est une vieille dame, une charmante vieille
dame.

Il la fit entrer, et c'était, en effet, la plus dé-
licieuse vieille dame qui se pût imaginer, fine et
menue, le visage rose et délicat sous des cheveux
d'un blanc immaculé, si vive et si gracieuse qu'elle
avait plutôt l'air d'une actrice jouant une vieille
marquise que d'une vieille dame véritable.

— Vous ne me connaissez probablement pas,
monsieur le commissaire, et j'en apprécie d'autant plus la faveur que vous me faites en me re-
cevant, car, moi, je vous connais pour avoir suivi
pendant tant d'années vos passionnantes enquêtes.
Si vous venez chez moi, comme je l'espère, je
pourrai même vous montrer des quantités d'articles de journaux qui parlent de vous.

— Je vous remercie.

— Je m'appelle Valentine Besson, un nom qui ne vous dit sans doute rien, mais vous saurez qui je suis quand j'aurai ajouté que mon mari, Fernand Besson, était le créateur des produits « Juva ».

Maigret était assez âgé pour que ce mot « Juva » lui fût familier. Tout jeune, il l'avait vu dans les pages publicitaires des journaux et sur les panneaux-réclame, et il croyait se souvenir que sa mère se servait de crème « Juva » les jours où elle se mettait en grande toilette.

La vieille dame, devant lui était habillée avec une élégance recherchée, un peu démodée, une profusion de bijoux.

— Depuis la mort de mon mari, voilà cinq ans, je vis seule dans une petite maison que je possède à Etretat. Plus exactement, jusqu'à dimanche soir j'y vivais seule avec une bonne, que j'avais à mon service depuis plusieurs années et qui était une fille du pays. Elle est morte pendant la nuit de dimanche à lundi, monsieur le commissaire; elle est morte en quelque sorte à ma place, et c'est à cause de cela que je suis venue vous supplier de m'accorder votre aide.

Elle ne prenait pas un ton dramatique. D'un fin sourire, elle paraissait s'excuser de parler de choses tragiques.

— Je ne suis pas folle, ne craignez rien. Je ne suis même pas ce qu'on appelle une vieille toquée. Quand je dis que Rose — c'est le nom de ma bonne — est morte à ma place, je suis à peu près sûre de ne pas me tromper. Me permettez-vous de vous raconter la chose en quelques mots?

— Je vous en prie.

— Depuis au moins vingt ans, j'ai l'habitude, chaque soir, de prendre un médicament pour m'endormir, car j'ai le sommeil difficile. C'est un somnifère liquide, assez amer, dont l'amertume est compensée par un fort goût d'anis. J'en parle en connaissance de cause, car mon mari était pharmacien.

» Dimanche, comme les autres soirs, j'ai préparé mon verre de médicament avant de me coucher et Rose était près de moi lorsque, déjà au lit, j'ai voulu le prendre.

» J'en ai bu une gorgée et lui ai trouvé un goût plus amer que d'ordinaire.

» — J'ai dû en mettre plus de douze gouttes, Rose. Je n'en boirai pas davantage.

» — Bonne nuit, Madame !

» Elle a emporté le verre, selon son habitude. A-t-elle eu la curiosité d'y goûter ? L'a-t-elle vidé en entier ? C'est probable, puisqu'on a retrouvé le verre vide dans sa chambre.

» Pendant la nuit, vers deux heures du matin, j'ai été éveillée par des gémissements, car la villa n'est pas grande. Je me suis levée et ai trouvé ma fille, qui s'était levée aussi. »

— Je croyais que vous viviez seule avec la bonne.

— Dimanche était le jour de mon anniversaire, le 3 septembre, et ma fille, venue de Paris pour me voir, est restée coucher chez moi.

» Je ne veux pas abuser de votre temps, monsieur le commissaire. Nous avons trouvé la Rose mourante dans son lit. Ma fille a couru avertir le Dr Jolly et, quand celui-ci est arrivé, Rose était morte dans des convulsions caractéristiques.

» Le médecin n'a pas hésité à déclarer qu'elle avait été empoisonnée à l'arsenic.

» Comme ce n'était pas une fille à se suicider, comme elle a mangé exactement la même chose que nous, il est à peu près évident que le poison se trouvait dans le médicament qui m'était destiné. »

— Soupçonnez-vous quelqu'un d'avoir tenté de vous tuer ?

— Comment voulez-vous que je soupçonne quelqu'un ? Le Dr Jolly, qui est un vieil ami, et qui a soigné autrefois mon mari, a téléphoné à la police du Havre, et un inspecteur est venu dès lundi matin.

— Vous connaissez son nom ?

— L'inspecteur Castaing. Un brun, au visage sanguin.

— Je sais. Qu'est-ce qu'il dit ?

— Il ne dit rien. Il questionne les gens dans le pays. On a emporté le corps au Havre pour l'autopsie.

La sonnerie du téléphone l'interrompit. Maigret décrocha. C'était le directeur de la P. J.

— Vous pouvez venir me parler un instant dans mon bureau, Maigret ?

— Tout de suite ?

— Si possible.

Il s'était excusé auprès de la vieille dame. Le chef l'attendait.

— Cela vous tenterait d'aller passer quelques jours à la mer ?

Pourquoi Maigret lança-t-il à tout hasard :

— A Etretat ?

— Vous êtes au courant ?

— Je ne sais pas. Dites toujours.

— Je viens de recevoir un coup de téléphone du cabinet du ministre. Vous connaissez Charles Besson?

— Des crèmes « Juva » aussi?

— Pas exactement. C'est son fils. Charles Besson, qui habite Fécamp, a été élu, il y a deux ans député de la Seine-Inférieure.

— Et sa mère vit à Etretat.

— Pas sa mère, mais sa belle-mère, car elle est la seconde femme de son père. Ce que je vous en dis, remarquez-le, je viens de l'apprendre par téléphone. Charles Besson s'est en effet adressé au ministre, afin d'obtenir que, bien que ce ne soit pas dans vos attributions, vous acceptiez de vous occuper d'une affaire à Etretat.

— La servante de sa belle-mère a été empoisonnée dans la nuit de dimanche à lundi.

— Vous lisez les journaux normands?

— Non. La vieille dame est dans mon bureau.

— Pour vous demander, elle aussi, de vous rendre à Etretat?

— Exactement. Elle a fait le voyage tout exprès, ce qui donnerait à penser qu'elle ignore la démarche de son beau-fils.

— Qu'avez-vous décidé?

— Cela dépend de vous, patron.

Voilà pourquoi, le mercredi, un peu après huit heures et demie du matin, à Bréauté-Beuzeville, Maigret montait enfin dans un petit train qu'il était difficile de prendre au sérieux et se penchait à la portière afin d'apercevoir plus vite la mer.

A mesure qu'on s'en approchait, le ciel devenait plus clair, et, quand on émergea d'entre les collines couvertes de pâturages, il était d'un bleu lavé, avec juste quelques nuages légers et candides.

Maigret avait téléphoné à la Brigade Mobile du Havre, la veille, pour qu'on avertisse l'inspecteur Castaing de son arrivée, mais c'est en vain qu'il le chercha des yeux. Des femmes en robes d'été, des enfants demi-nus qui attendaient quelqu'un mettaient une note gaie sur le quai. Le chef de gare, qui semblait examiner avec embarras les voyageurs, s'approcha du commissaire :

— Vous ne seriez pas, par hasard, monsieur Maigret?

— Par hasard, oui.

— Dans ce cas, j'ai un message pour vous.

Il lui remit une enveloppe. Castaing lui écrivait :

« Excusez-moi de ne pas être là pour vous accueillir. Je suis à Yport, à l'enterrement. Je vous recommande l'*Hôtel des Anglais,* où j'espère rentrer pour déjeuner. Je vous mettrai au courant. »

Il n'était que dix heures du matin, et Maigret, qui avait emporté seulement une valise légère, se dirigea à pied vers l'hôtel, proche de la plage.

Mais avant d'y entrer, et malgré sa valise, il alla regarder la mer, les falaises blanches des deux côtés de la plage de galets; il y avait des adolescents, des jeunes filles qui dansaient dans les vagues et d'autres, derrière l'hôtel, qui jouaient au tennis; il y avait, dans des fauteuils transatlantiques, des mères de famille qui tricotaient et, sur la plage, des couples de vieillards qui marchaient à petits pas.

Pendant des années, alors qu'il était a collège, il avait vu des camarades revenir de vacances,

brunis, avec plein d'histoires à raconter et des
coquillages dans les poches, et il gagnait sa vie
depuis longtemps quand il avait contemplé la
mer à son tour.

Cela l'attrista un peu de constater qu'il ne rece-
vait plus le petit choc, qu'il regardait d'un œil
indifférent l'écume éblouissante des flots, et, dans
sa barque, qui disparaissait parfois derrière une
grosse vague, le maître baigneur aux bras nus et
tatoués.

L'odeur de l'hôtel était si bien celle qu'il connaissait que Mme Maigret lui manqua soudain,
car c'était toujours avec elle qu'il avait reniflé
cette odeur-là.

— Vous comptez rester longtemps? lui de-
manda-t-on.

— Je n'en sais rien.

— Si je vous pose la question, c'est que nous
fermons le 15 septembre et que nous voilà déjà
le 6.

Tout serait fermé, comme un théâtre; les bou-
tiques de souvenirs, les pâtisseries; il y aurait
des volets partout, et la plage déserte serait rendue à la mer et aux mouettes.

— Vous connaissez Mme Besson?

— Valentine? Certainement que je la connais.
C'est une enfant du pays. Elle est née ici, où
son père était pêcheur. Je ne l'ai pas connue enfant, car je suis plus jeune qu'elle, mais je la re-
vois quand elle était vendeuse chez les demoiselles
Seuret, qui tenaient alors une pâtisserie. Une des
deux demoiselles est morte. L'autre vit encore.
Elle a quatre-vingt-douze ans. Vous verrez sa maison, non loin de chez Valentine, justement, avec
une barrière bleue qui entoure le jardin. Puis-je

vous demander de bien vouloir remplir votre fiche?

Le gérant — c'était peut-être le propriétaire? — la lut, regarda Maigret avec plus d'intérêt.

— Vous êtes le Maigret de la police? Et vous venez de Paris tout exprès pour cette affaire?

— L'inspecteur Castaing est descendu ici, n'est-ce pas?

— C'est-à-dire que, depuis lundi, il prend la plupart de ses repas ici, mais il retourne chaque soir au Havre.

— Je l'attends.

— Il est à l'enterrement, à Yport.

— Je sais.

— Vous croyez qu'on a réellement tenté d'empoisonner Valentine?

— Je n'ai pas eu le temps de me faire une opinion.

— Si on l'a fait, le coup ne peut venir que de la famille.

— Vous voulez parler de sa fille?

— Je ne parle de personne en particulier. Je ne sais rien. Ils étaient nombreux, à *La Bicoque,* dimanche dernier. Et je ne vois pas qui, dans le pays, en voudrait à Valentine. Vous ne pouvez pas savoir le bien que cette femme-là a fait quand elle en avait encore les moyens, du vivant de son mari. Elle continue et, bien qu'elle soit loin d'être riche, ne pense qu'à donner. C'est une vilaine histoire, croyez-moi; Etretat a toujours été un endroit tranquille. Notre politique est de nous en tenir à un public choisi, surtout aux familles, de préférence d'un certain niveau social. Je pourrais vous citer...

Maigret préféra se promener dans les rues ensoleillées et, place de la Mairie, lut au-dessus d'une devanture blanche : « Pâtisserie Maurin — ancienne maison Seuret. ».

Il demanda à un livreur de lui indiquer *La Bicoque*, et on lui désigna un chemin qui serpentait en pente douce au flanc de la colline, bordée de quelques villas entourées de jardins. Il s'arrêta à une certaine distance d'une maison enfouie dans la verdure, où l'on voyait un filet de fumée monter lentement de la cheminée sur le bleu pâle du ciel, et, quand il revint à l'hôtel, l'inspecteur Castaing était arrivé; sa petite Simca noire stationnait devant la porte, il attendait lui-même, en haut des marches.

— Vous avez fait bon voyage, monsieur le commissaire? Je suis désolé de n'avoir pu me trouver à la gare. J'ai pensé qu'il serait intéressant d'assister à l'enterrement. Si ce qu'on raconte est exact, c'est votre méthode aussi.

— Comment cela s'est-il passé?

Ils se mirent à marcher le long de la mer.

— Je ne sais pas. J'ai envie de répondre : plutôt mal. Il y avait quelque chose de sourd dans l'air. Le corps de la petite a été ramené du Havre ce matin, et les parents attendaient à la gare avec une camionnette qui les a conduits à Yport. C'est la famille Trochu. Vous en entendrez parler. Il y a plein de Trochu par ici, presque tous pêcheurs. Le père a fait longtemps le hareng à Fécamp, comme le font encore les deux aînés. Rose était la plus âgée des filles. Il en reste deux ou trois autres, dont une qui travaille dans un café du Havre.

Castaing avait les cheveux drus, le front bas,

et il suivait son idée aussi farouchement qu'il aurait poussé la charrue.

— Voilà six ans que je suis au Havre et que je sillonne le pays. On rencontre encore, dans les villages, surtout autour des châteaux, des gens respectueux et humbles qui parlent de « not' maître ». Il y en a d'autres qui se montrent plus durs, méfiants, parfois hargneux. Je ne sais pas encore dans quelle catégorie classer les Trochu, mais ce matin, autour de Valentine Besson, l'atmosphère était plutôt froide, presque menaçante.

— On m'a affirmé tout à l'heure qu'elle était adorée à Etretat.

— Yport n'est pas Etretat. Et *la* Rose, comme on dit ici, est morte.

— La vieille dame était à l'enterrement?

— Au premier rang. Certains l'appellent la châtelaine, peut-être parce qu'elle a possédé un château dans l'Orne, ou en Sologne, je ne sais plus. Vous l'avez vue?

— Elle est venue me trouver à Paris.

— Elle m'a annoncé qu'elle se rendait à Paris, mais j'ignorais que c'était pour vous voir. Que pensez-vous d'elle?

— Encore rien.

— Elle a été colossalement riche. Pendant des années, elle a eu son hôtel particulier avenue d'Iéna, son château, son yacht, et *La Bicoque* n'était qu'un pied-à-terre.

» Elle y venait dans une grosse limousine, conduite par un chauffeur, et une autre voiture suivait avec les bagages. Elle faisait sensation le dimanche, quand elle assistait à la messe, au premier rang (elle a toujours son banc à l'église), et elle distribuait l'argent à pleines mains. Si quelqu'un se trouvait dans l'embarras, on avait l'habitude de dire :

» — Va donc trouver Valentine.

» Car beaucoup, surtout parmi les vieux, l'appellent encore ainsi.

» Ce matin, elle est arrivée à Yport en taxi, comme jadis elle débarquait de son auto, et c'est elle qui avait l'air de conduire le deuil. Elle a apporté une gerbe immense, qui écrasait les autres.

» Je me suis peut-être trompé, mais j'ai eu l'impression que les Trochu étaient agacés et la regardaient de travers. Elle a tenu à leur serrer la main à tous, et le père n'a tendu la sienne que de mauvaise grâce, en évitant de la regarder. Un de ses fils, Henri, l'aîné, lui a carrément tourné le dos.

— La fille de Mme Besson l'accompagnait?

— Elle est rentrée à Paris lundi par le train de l'après-midi. Je n'avais aucune autorité pour la retenir. Vous devez déjà vous être aperçu que je nage. Je pense pourtant qu'il sera nécessaire de la questionner à nouveau.

— Comment est-elle?

— Comme sa mère devait être à son âge, c'est-à-dire à trente-huit ans. Elle en paraît vingt-cinq. Elle est menue et fine, très jolie, avec d'immenses yeux qui ont presque toujours une expression enfantine. Cela n'a pas empêché que, pendant la nuit de dimanche à lundi, un homme, qui n'était pas son mari, a couché dans sa chambre, à *La Bicoque*.

— Elle vous l'a dit?

— Je l'ai découvert, mais trop tard pour lui réclamer les détails. Il faudra que je vous raconte tout cela par le menu. L'affaire est beaucoup plus compliquée qu'elle ne paraît, et j'ai été obligé de prendre des notes. Vous permettez?

Il tira de sa poche un joli carnet recouvert de cuir rouge, qui ne ressemblait guère au calepin de blanchisseuse que Maigret employait d'habitude.

— Nous avons été avertis, au Havre, lundi à sept heures du matin, et j'ai trouvé une note sur mon bureau quand j'y suis arrivé à huit heures. J'ai pris la Simca et j'étais ici un peu après neuf heures. Charles Besson descendait de voiture juste devant moi.

— Il habite Fécamp?

— Il y a sa maison, et sa famille y vit toute l'année; mais, depuis qu'il a été élu député, il passe une partie de son temps à Paris, où il a un appartement dans un hôtel du boulevard Raspail. Il a passé ici toute la journée de dimanche avec les siens, c'est-à-dire sa femme et ses quatre enfants.

— Ce n'est pas le fils de Valentine, n'est-ce pas?

— Valentine n'a pas de fils, seulement une fille, Arlette, celle dont je vous ai parlé, et qui est mariée à un dentiste de Paris.

— Le dentiste était ici aussi, dimanche?

— Non. Arlette est venue seule. C'était l'anniversaire de sa mère. C'est paraît-il une tradition dans la famille de lui rendre visite ce jour-là. Quand je lui ai demandé par quel train elle était venue, elle m'a répondu par celui du matin, le même que vous avez pris.

» Vous allez voir que ce n'est pas vrai. La première chose que j'ai faite, lundi, dès que le corps

a été emmené au Havre, a été d'examiner toutes
les pièces de la maison. Ce n'est pas un mince
travail, car, si c'est petit et coquet, c'est plein de
recoins, de meubles fragiles et de bibelots.

» En dehors de la chambre de Valentine et de
la chambre de bonne, toutes deux au premier
étage, il n'y a qu'une chambre d'amis, au rez-de-
chaussée, qu'Arlette occupait. En remuant la
table de nuit, j'ai découvert un mouchoir d'homme, et j'ai eu l'impression que la jeune femme,
qui me regardait faire, était soudain fort émue.
Elle me l'a vivement repris des mains.

» — J'ai encore pris un mouchoir de mon mari !

» Je ne sais pas pourquoi, c'est seulement le
soir que j'ai pensé à la lettre brodée, un H. Arlette venait de repartir. Je lui avais offert de la
conduire à la gare dans ma voiture, et je l'avais
vue prendre son billet au guichet.

» C'est idiot, je le sais. Au moment de remonter
en auto, j'ai été frappé qu'elle ne soit pas venue
avec un billet d'aller et retour. Je suis retourné
dans la salle d'attente. J'ai questionné l'employé
du portillon.

» — Cette dame est arrivée par le train de
dix heures dimanche matin, n'est-ce pas ?

» — Quelle dame ?

» — Celle que je viens d'accompagner.

» — Mme Arlette ? Non, monsieur.

» — Elle n'est pas arrivée dimanche ?

» — Elle est peut-être arrivée dimanche, mais
pas par le train. C'est moi qui ramassais les
billets, je l'aurais reconnue. »

Castaing regarda Maigret avec une certaine
inquiétude.

— Vous m'écoutez ?

— Mais oui. Mais oui.

— Je vous donne peut-être des détails inutiles?

— Mais non. Il faut que je m'habitue.

— A quoi?

— A tout, à la gare, à Valentine, à Arlette, à l'homme qui ramasse les billets, aux Trochu. Hier encore, je ne connaissais rien de tout ça.

— Quand je suis retourné à *La Bicoque,* j'ai demandé à la vieille dame le nom de son gendre. Il s'appelle Julien Sudre, deux mots qui ne commencent pas par H. Ses deux beaux-fils s'appellent Théo et Charles Besson. Il n'y a que le jardinier, qui travaille pour elle trois jours par semaine, à s'appeler Honoré ; mais d'abord il n'était pas là dimanche, ensuite je me suis assuré qu'il n'emploie que de grands mouchoirs à ramages rouges.

» Ne sachant par quel bout prendre l'enquête, je me suis mis à questionner les gens de la ville, et c'est ainsi que j'ai appris, grâce au marchand de journaux, qu'Arlette était arrivée non par le train, mais en auto, dans une voiture grand sport à carrosserie verte.

» Cela devenait facile. Le propriétaire de l'auto verte a retenu une chambre, pour dimanche soir, à l'hôtel où je vous ai conseillé de descendre.

» C'est un certain Hervé Peyrot, qui a inscrit sur sa fiche la profession de marchand de vins et qui habite Paris, quai des Grands-Augustins.

— Il a découché?

— Il est resté au bar de l'hôtel jusqu'à la fermeture, un peu avant minuit, après quoi, au lieu de monter se coucher, il est parti à pied en disant qu'il allait voir la mer. D'après le gardien de nuit, il n'est rentré que vers deux heures et

demie du matin. J'ai questionné le valet qui cire
les chaussures, et il m'a dit que les souliers de
Peyrot avaient les semelles maculées de terre
rouge.

» Le mardi matin, je suis retourné à *La Bicoque* et, sous la fenêtre de la chambre occupée
par Arlette, j'ai relevé des empreintes dans une
plate-bande.

» Qu'est-ce que vous en pensez?

— Rien.

— Quant à Théo Besson...

— Il était là aussi?

— Pas pendant la nuit. Vous avez bien compris, n'est-ce pas, que les deux fils Besson sont
les enfants d'un premier mariage et que Valentine
n'est pas leur mère? J'ai noté tout le pedigree
de la famille et, si vous voulez...

— Pas maintenant, j'ai faim.

— Bref, Théo Besson, qui a quarante-huit ans
et qui est célibataire, est en vacances à Etretat
depuis deux semaines.

— Chez sa belle-mère?

— Non. Il ne la voyait pas. Je crois qu'ils
étaient brouillés. Il a sa chambre aux *Roches
Blanches*, l'hôtel que vous apercevez d'ici.

— Il n'est donc pas allé à *La Bicoque?*

— Attendez. Quand Charles Besson...

Le pauvre Castaing soupira, désespérant de
présenter un tableau clair de la situation, surtout
à un Maigret qui n'avait pas l'air d'écouter.

— Dimanche matin, Charles Besson est arrivé
à onze heures avec sa femme et ses quatre enfants. Ils possèdent une auto, une grosse Panhard
d'ancien modèle. Arlette était là avant eux. Ils
ont tous déjeuné à *La Bicoque*. Puis Charles Bes-

son est descendu vers la plage avec ses aînés, un
garçon de quinze ans et une fille de douze, pendant que ces dames papotaient.

— Il a rencontré son frère?

— C'est cela. Je soupçonne Charles Besson
d'avoir proposé cette promenade pour aller boire
un verre au bar du Casino. Il lève assez volontiers
le coude, si j'en crois les racontars. Il a rencontré
Théo, qu'il ne savait pas à Etretat, a insisté
pour le ramener à *La Bicoque,* et Théo a fini par
se laisser faire. La famille était donc au complet
pour le dîner, un dîner froid, composé de langouste
et de gigot.

— Personne n'a été malade?

— Non. En dehors de la famille, il n'y avait
que la bonne dans la maison. Charles Besson
est parti avec les siens vers neuf heures et demie.
Un gamin de cinq ans, Claude, avait dormi jusque-
là dans la chambre de la vieille dame, et, alors
qu'on allait monter en voiture, il avait fallu donner
le biberon au dernier-né, qui n'a que six mois
et qui criait.

— Comment s'appelle la femme de Charles
Besson?

— Je suppose que son nom est Emilienne, mais
on l'appelle Mimi.

— Mimi, répéta gravement Maigret, comme
s'il apprenait une leçon par cœur.

— C'est une forte brune d'une quarantaine
d'années.

— Forte brune, bon ! Ils sont partis dans leur
Panhard vers neuf heures.

— C'est cela. Théo est resté quelques minutes
encore, et il n'y a plus eu que les trois femmes
dans la maison.

— Valentine, sa fille Arlette et la Rose.

— C'est exact. La Rose a fait la vaisselle dans la cuisine pendant que la mère et la fille bavardaient au salon.

— Les chambres sont toutes à l'étage?

— Sauf la chambre d'amis, comme je vous l'ai dit, qui est au rez-de-chaussée, et dont les fenêtres donnent sur le jardin. Vous verrez. C'est une vraie maison de poupée, avec de toutes petites pièces.

— Arlette n'est pas montée dans la chambre de sa mère?

— Elles y sont montées ensemble vers dix heures, car la vieille dame voulait montrer à sa fille une robe qu'elle vient de se faire faire.

— Elles sont redescendues toutes les deux?

— Oui. Puis Valentine est montée à nouveau pour la nuit, suivie, à quelques minutes, par la Rose. Celle-ci avait l'habitude de mettre sa patronne au lit et de lui servir son médicament.

— C'est elle qui le prépare?

— Non. Valentine met les gouttes d'avance dans le verre d'eau.

— Arlette n'est pas remontée?

— Non. Il était onze heures et demie environ quand la Rose s'est couchée à son tour.

— Et c'est vers deux heures qu'elle a commencé à gémir.

— C'est l'heure que donnent Arlette et sa mère.

— Et, selon vous, entre minuit et deux heures, il y avait un homme dans la chambre d'Arlette, un homme avec qui elle est venue de Paris. Vous ne savez pas ce que Théo a fait de sa soirée?

— Je n'ai pas eu le temps de m'en occuper

jusqu'ici. Je vous avoue même que je n'y ai pas
pensé.

— Si nous allions déjeuner?

— Avec plaisir.

— Vous croyez que je pourrai avoir des moules?

— C'est possible, mais je n'y compte pas. Je
commence à connaître le menu.

— Ce matin, vous êtes entré dans la maison
des parents de Rose?

— Seulement dans la première pièce, trans-
formée en chapelle ardente.

— Vous ne savez pas s'ils ont un bon portrait
d'elle?

— Je puis le leur demander.

— Faites-le. Autant de portraits que vous en
pourrez trouver, même des portraits d'enfant, à
tous les âges. Au fait, quel âge avait-elle?

— Vingt-deux ou vingt-trois ans. Ce n'est pas
moi qui ai rédigé le rapport et...

— Je croyais qu'elle était avec la vieille dame
depuis très longtemps.

— Depuis sept ans. Elle est entrée toute jeune
à son service, du vivant de Ferdinand Besson.
C'était une forte fille, au visage sanguin, aux
gros seins.

— Elle n'a jamais été malade?

— Le Dr Jolly ne m'en a rien dit. Il me semble qu'il m'en aurait parlé.

— J'aimerais savoir si elle avait des amoureux
ou un amant.

— J'y ai pensé. Il paraît que non. Elle était
très sérieuse, ne sortait pour ainsi dire jamais.

— Parce qu'on ne la laissait pas sortir?

— Je crois, mais je puis me tromper, que

Valentine la tenait serrée et ne lui accordait pas
volontiers de congés.

Ils s'étaient promenés tout ce temps-là le long
de la mer. Maigret avait eu sans cesse les yeux
sur elle et n'y avait pas pensé un seul instant.

C'était déjà fini. Il avait eu le petit choc le
matin, à la Bréauté-Beuzeville. Le train-jouet lui
avait donné des bouffées de vacances d'autrefois.

Maintenant, il ne remarquait plus les maillots
clairs des baigneuses, les enfants accroupis dans
les galets; il ne sentait pas l'odeur iodée du varech.

A peine s'était-il préoccupé de savoir s'il y
aurait des moules à déjeuner !

Il était là, la tête bourrée de noms nouveaux
qu'il essayait de caser dans sa mémoire comme il
l'aurait fait dans son bureau du Quai des Orfèvres, et il prit place avec Castaing devant une
table blanche où des glaïeuls trempaient dans une
flûte en faux cristal.

Peut-être était-ce un signe qu'il vieillissait? Il
penchait la tête pour apercevoir encore les crêtes
blanches des vagues, et cela l'assombrissait de
n'en ressentir aucune allégresse.

— Il y avait beaucoup de monde à l'enterrement?

— Tout Yport y était, sans compter les gens
venus d'Etretat, des Loges, de Vaucottes, puis les
pêcheurs de Fécamp.

Il se souvint des enterrements de campagne, crut
sentir une bouffée de calvados et prononça très
sérieusement:

— Les hommes vont tous être saouls ce soir.

— C'est assez probable ! concéda Castaing, un

peu surpris par le cours des pensées du fameux commissaire.

Il n'y avait pas de moules au menu, et ils mangèrent des sardines à l'huile et du céleri rémoulade comme hors-d'oeuvre.

CHAPITRE

2

LES DEBUTS DE VALENTINE

IL POUSSA LA BAR-
rière, qui n'était pas fermée, et, ne voyant pas de
sonnette, pénétra dans le jardin. Nulle part
encore il n'avait vu une telle profusion de plantes
dans un espace aussi restreint. Les buissons fleu-
ris étaient si serrés qu'ils donnaient l'impression
d'une jungle et, dans le moindre espace laissé
libre, jaillissaient des dahlias, des lupins, des
chrysanthèmes, d'autres fleurs que Maigret ne
connaissait que pour les avoir vues reproduites
en couleurs vives sur les sachets de graines, dans
les vitrines; et on aurait dit que la vieille dame
avait tenu à utiliser tous les sachets.

Il ne voyait plus la maison dont, de la route,
il avait aperçu le toit d'ardoises au-dessus de la
verdure. Le chemin zigzaguait et, à certain moment, il dut prendre à droite au lieu de prendre
à gauche, car il émergea, après quelques pas, dans

une cour aux larges dalles roses sur laquelle donnaient la cuisine et la buanderie.

Là, une forte paysanne vêtue de noir, les cheveux noirs à peine mêlés d'argent, la chair et le regard durs, était occupée à battre un matelas. Autour d'elle, en plein air, s'étalait pêle-mêle le mobilier d'une chambre à coucher, la table de nuit ouverte, les rideaux et les couvertures qui pendaient sur une corde à linge, une chaise à fond de paille, le lit démonté.

La femme le regardait sans interrompre son travail.

— Mme Besson est ici?

Elle se contenta de lui désigner des fenêtres à petits carreaux entourées de vigne vierge; en s'approchant des vitres, il vit Valentine dans son salon. Elle ne savait pas qu'il était là, ne s'attendant pas à le voir arriver par la cour, et elle était visiblement en train de se préparer à le recevoir. Ayant posé sur un guéridon un plateau en argent avec un flacon de cristal et des verres, elle prenait du recul pour juger de l'effet produit, puis se regardait elle-même et arrangeait ses cheveux devant un miroir ancien au cadre sculpté.

— Vous n'avez qu'à frapper, dit la paysanne, sans aménité.

Il n'avait pas remarqué qu'une des fenêtres était une porte-fenêtre, et il y frappa, Valentine se retourna, surprise, trouva tout de suite un sourire à son intention.

— Je savais bien que vous viendriez, mais j'espérais vous accueillir à la grande entrée, pour autant qu'on puisse employer le mot « grand » quand il s'agit de cette maison.

Dès le premier abord, il eut à nouveau la même impression qu'à Paris. Elle était si vive, si pétillante qu'elle faisait penser à une femme encore jeune, et même très jeune, déguisée en vieille dame pour un spectacle d'amateurs. Et pourtant elle ne tentait pas de se rajeunir. Au contraire, la coupe de sa robe de soie noire, l'arrangement de sa coiffure, le large ruban de velours qu'elle portait autour du cou, tout cela était bien de son âge.

Et, en l'observant de près, il distinguait les fines rides de la peau, le flétrissement du cou, une certaine sécheresse des mains qui ne trompe pas.

— Voulez-vous me confier votre chapeau, monsieur le commissaire, et voir s'il y a ici un fauteuil à votre taille? Vous devez vous sentir mal à l'aise dans ma maison de poupée, n'est-ce pas?

Ce qui faisait son charme, c'était peut-être qu'elle paraissait toujours se moquer d'elle-même.

— On a dû vous dire, ou on vous dira, que je suis maniaque, et c'est vrai que je suis bourrée de manies. Vous ne pouvez pas savoir comme les manies occupent, quand on vit seule. Si vous essayiez ce fauteuil-ci, près de la fenêtre? Faites-moi le plaisir de fumer votre pipe. Mon mari fumait le cigare du matin au soir, et rien n'imprègne la maison comme la fumée de cigare. Entre nous, je crois qu'il n'aimait pas ça. Il ne s'est mis au cigare que très tard, bien après la quarantaine, exactement quand la « Crème Juva » est devenue célèbre.

Et vite, comme pour excuser sa rosserie:

— Nous avons chacun nos faiblesses. Je suppose que vous avez pris le café à l'hôtel? Peut-être

me permettrez-vous de vous servir un calvados
qui a un peu plus de trente ans?

Il avait compris que c'étaient ses yeux qui, autant que sa vivacité, lui donnaient cet air de
jeunesse. Ils étaient d'un bleu plus clair que le
ciel de septembre au-dessus de la mer et gardaient
toujours une expression étonnée, émerveillée, l'expression qu'on imagine à « Alice au pays des mer-
veilles ».

— J'en prendrai une goutte aussi pour ne pas
vous laisser boire seul, à condition que cela ne
vous choque pas. Vous voyez que je ne cache pas
mes menus défauts. Vous trouvez la maison sens
dessus dessous. Je suis à peine rentrée de l'enterrement de cette pauvre Rose. J'ai eu toutes les
peines du monde à décider la mère Leroy à venir
me donner un coup de main. Je suppose que vous
avez compris que ce sont les meubles de la chambre de Rose que vous avez vus dehors. J'ai horreur de la mort, monsieur le commissaire, et de
tout ce qui s'y rapporte. Tant que la maison
n'aura pas été nettoyée de fond en comble et
aérée pendant quelques jours, il me semble que
j'y sentirai une odeur de mort.

Des fuseaux de soleil, passant entre les branches
d'un tilleul, pénétraient dans la pièce à travers
les petits carreaux et mettaient sur les objets
des taches sautillantes.

— Je ne me doutais pas qu'un jour le fameux
commissaire Maigret serait assis dans ce fauteuil.

— Au fait, ne m'avez-vous pas dit que vous
aviez gardé des articles à mon sujet?

— C'est exact. Il m'est arrivé souvent d'en
découper, comme, jeune fille, je découpais le
feuilleton dans le journal de mon père.

— Vous les avez ici?

— Je pense que je vais les trouver.

Il avait senti une hésitation dans sa voix. Elle se dirigea avec trop de naturel vers un secrétaire ancien, dont elle fouilla en vain les tiroirs, puis vers un bahut sculpté.

— Je crois que je les ai mis dans ma chambre.

Elle voulait monter l'escalier.

— Ne vous dérangez pas.

— Mais si! Je tiens à les retrouver. Je devine ce que vous pensez. Vous vous figurez que je vous ai dit cela à Paris pour vous flatter et vous décider à venir. C'est vrai qu'il m'arrive de mentir, comme à toutes les femmes, mais je vous jure que ce n'est pas le cas.

Il l'entendit aller et venir au premier étage et, quand elle redescendit, elle joua assez gauchement la comédie de la déception.

— Entre nous, Rose n'avait pas beaucoup d'ordre, c'était même ce que j'appelle un brouillon. Demain, j'irai fouiller le grenier. En tout cas, je mettrai la main sur ces papiers avant que vous quittiez Etretat. Maintenant, je suppose que vous avez des tas de questions à me poser, et je vais m'asseoir tranquillement dans mon fauteuil de grand-mère. A votre santé, monsieur Maigret.

— A votre santé, madame.

— Vous ne me trouvez pas trop ridicule?

Il fit poliment non de la tête.

— Vous ne m'en voulez pas de vous avoir arraché à votre Quai des Orfèvres? C'est drôle que mon beau-fils ait eu la même idée que moi, n'est-ce pas? En député qu'il est, et qu'il est tellement fier d'être, il s'y est pris autrement et s'est adressé au ministre. Dites-moi franchement: est-ce à cause de lui ou de moi que vous êtes venu?

— A cause de vous, certainement.

— Vous croyez que j'ai quelque chose à craindre? C'est drôle! Je ne parviens pas à prendre cette menace au sérieux. On prétend que les vieilles femmes sont peureuses ; je me demande pourquoi, car combien de vieilles femmes, comme moi, vivent seules dans des endroits isolés. Rose couchait ici, mais c'était elle qui avait peur et venait m'éveiller la nuit quand elle croyait avoir entendu du bruit. S'il y avait un orage, elle refusait de quitter ma chambre et restait toute la nuit en chemise dans ma bergère à marmotter des prières et à trembler.

» Si je n'ai jamais eu peur, c'est peut-être parce que je ne vois pas qui pourrait m'en vouloir. Je ne suis même plus riche. Tout le monde, dans le pays, sait que je vis d'une modeste rente viagère qui a survécu au naufrage. Cette maison aussi est en viager, et personne n'en héritera. Je ne pense pas avoir jamais fait de mal à personne...

— Pourtant Rose est morte.

— C'est vrai. Tant pis si vous me trouvez stupide ou égoïste, mais à mesure que le temps passe, et à présent qu'elle est enterrée, je parviens difficilement à y croire. Tout à l'heure, sans doute, visiterez-vous la maison. Vous voyez la salle à manger, à côté. Cette autre porte donne sur la chambre d'amis, où ma fille a dormi. En dehors de la cuisine, de la buanderie et de la remise à outils, c'est tout pour le rez-de-chaussée, et l'étage est encore plus petit, car il n'y a rien au-dessus de la cuisine et de la buanderie.

— Votre fille vient souvent vous voir?

Elle eut une petite moue comme résignée.

— Une fois par an, le jour de mon anniversaire. Le reste du temps, je ne la vois ni n'entends parler d'elle. Elle ne m'écrit guère non plus.

— Elle est mariée à un dentiste, je crois?

— Je suppose qu'il vous va falloir connaître toute l'histoire de la famille, et c'est normal. Est-ce que vous aimez la franchise, monsieur Maigret, ou préférez-vous que je vous réponde en femme bien élevée?

— La question est-elle nécessaire?

— Vous n'avez pas encore vu Arlette?

— Pas encore.

Elle alla chercher dans un tiroir de vieilles enveloppes qui contenaient des photographies, chaque enveloppe étant réservée à une certaine catégorie de portraits.

— Tenez! La voilà à dix-huit ans. On prétend qu'elle me ressemble et, pour ce qui est des traits, je suis bien obligée de le reconnaître.

C'était frappant, en effet. Aussi menue que sa mère, la jeune fille avait la même finesse de traits et surtout les mêmes yeux clairs.

— Comme on dit vulgairement, on lui donnerait le Bon Dieu sans confession, n'est-ce pas? Ce pauvre Julien y a cru et l'a épousée malgré mes avertissements, car c'est un brave garçon, un travailleur; il est parti de rien, a eu beaucoup de mal à terminer ses études et travaille dix heures par jour et plus dans son cabinet à bon marché de la rue Saint-Antoine.

— Vous pensez qu'ils ne sont pas heureux?

— Il est peut-être heureux, après tout. Il y a des gens qui font leur bonheur tout seuls. Chaque dimanche, il va planter son chevalet quelque

part au bord de la Seine, et il peint. Ils ont un
canoë du côté de Corbeil.

— Votre fille aime son mari?

— Regardez ses photos et répondez vous-
même. Peut-être est-elle capable d'aimer quelqu'un, mais pour ma part, je ne m'en suis jamais
aperçue. Quand je travaillais à la pâtisserie des
demoiselles Seuret — on a dû déjà vous en parler
— il lui arrivait de me lancer:

» — Si tu crois que c'est agréable d'avoir une
mère qui vend des gâteaux à mes petites amies!

» Elle avait sept ans quand elle parlait ainsi.
Nous vivions toutes les deux dans une petite
chambre, au-dessus d'une boutique d'horlogerie
qui existe encore.

» Lorsque je me suis remariée, sa vie a changé... »

— Cela vous ennuierait-il de parler d'abord de
votre premier mari?

» Comme d'autres le feront probablement,
j'aime autant tenir les renseignements de vous. »

Elle lui remplit son verre, pas choquée du tout
par la question.

— Autant commencer par mes parents, dans
ce cas. Je suis née Fouque, un nom que vous trou-
verez encore dans le pays. Mon père était pêcheur
ici, à Etretat. Ma mère faisait des journées dans
des maisons comme celle-ci, pendant l'été seulement, car, en ce temps-là, personne ne restait
l'hiver. J'ai eu trois frères et une sœur, qui sont
tous morts. Un de mes frères a été tué pendant
la guerre de 1914, et l'autre a succombé aux suites
d'un accident de bateau. Ma sœur s'est mariée
et est morte en couches. Quant à mon troisième
frère, Lucien, qui travaillait à Paris comme gar-

çon coiffeur, il a mal tourné et s'est fait descendre d'un coup de couteau dans un café des environs de la Bastille.

» Je n'en ai pas honte. Je n'ai jamais renié mes origines. Si j'avais eu honte, je ne serais pas venue finir mes jours ici, où tout le monde est au courant.

— Vous avez travaillé, du vivant de vos parents.

— J'ai été bonne d'enfants à quatorze ans, puis femme de chambre à l'*Hôtel de la Plage*. Ma mère est morte, à cette époque, d'un cancer au sein. Mon père, lui, vécut assez vieux, mais il buvait tellement, dans les derniers temps, que c'était comme s'il n'existait plus. J'ai rencontré un jeune homme de Rouen qui était employé au bureau de poste, Henri Poujolle, et l'ai épousé. Il était gentil, très doux, bien élevé, et je ne savais pas encore ce que le rose bonbon de ses joues signifiait. Pendant quatre ans, j'ai joué à la petite madame, dans un appartement de trois pièces, puis à la maman. J'allais le chercher au bureau en poussant la voiture de bébé. Le dimanche nous achetions un gâteau chez les demoiselles Seuret.

» Une fois l'an, nous nous rendions à Rouen, chez mes beaux-parents, qui tenaient une petite épicerie dans la haute ville.

» Puis Henri s'est mis à tousser, et il est parti en quelques mois, me laissant seule avec Arlette.

» J'ai changé de logement, me contentant d'une seule chambre. Je suis allée trouver les demoiselles Seuret, qui m'ont engagée comme vendeuse.

» On prétend que j'étais fraîche et jolie, et que cela attirait les cliens.

» Un jour, au magasin, j'ai fait la connaissance de Ferdinand Besson.

— Vous aviez quel âge?

— Quand nous nous sommes mariés, quelques
mois plus tard, j'avais trente ans.

— Et lui?

— Cinquante-cinq ans environ. Il était veuf
depuis plusieurs années, avec deux garçons de
seize et dix-huit ans, et c'est ce qui m'a fait
le plus drôle d'effet, car il me semblait toujours
qu'ils allaient tomber amoureux.

— Ils ne l'ont pas été?

— Théo, peut-être, au début. Puis il m'a prise
en grippe, mais je ne lui en ai jamais voulu. Vous
connaissez l'histoire de Besson?

— Je sais qu'il était le propriétaire des produits « Juva ».

— Alors vous vous imaginez quelqu'un d'ex-
traordinaire? Or la vérité est très différente
C'était un petit pharmacien du Havre, un tout petit pharmacien de quartier, à la boutique étroite
et sombre, avec un bocal vert et un bocal jaune
dans la vitrine. Lui-même, à quarante ans, comme
vous allez le voir sur sa photo, avait plutôt l'air
d'un employé du gaz, et sa femme ressemblait à
une femme de ménage.

» A cette époque-là, il n'existait pas autant de
spécialités qu'aujourd'hui, et il lui arrivait de
faire toutes sortes de préparations pour ses clients.
C'est ainsi qu'il a composé une crème pour une
jeune fille qui avait toujours des boutons sur la
figure. Elle s'en est bien trouvée. Cela s'est su
dans le quartier, puis en ville.

» Un beau-frère de Besson lui a conseillé de
lancer le produit sous un nom prestigieux et, à

eux deux, ils ont trouvé l'étiquette. C'est le beau-
frère qui a mis les premiers fonds.

» Presque du jour au lendemain, cela a été la
fortune. Il a fallu créer des laboratoires, d'abord
au Havre, puis à Pantin, dans la banlieue de
Paris. On a lu le nom « Juva » dans tous les journaux, puis il a surgi sur les murs, en lettres
énormes.

» Vous ne pouvez vous figurer ce que ces pro-
duits-là rapportent, une fois lancés.

» La première femme de Besson n'en a guère
profité, car elle est morte peu de temps après

» Lui s'est mis à changer de vie. Quand je
l'ai rencontré, c'était déjà un homme très riche,
mais qui n'avait pas l'habitude de l'argent et
qui ne savait pas trop qu'en faire.

» Je crois que c'est à cause de cela qu'il m'a
épousée.

— Que voulez-vous dire?

— Qu'il avait besoin d'une jolie femme à parer
et à exhiber. Les Parisiennes lui faisaient peur.
Les grandes bourgeoises du Havre l'impression-
naient. Il s'est senti plus à son aise avec une
fille rencontrée derrière le comptoir d'une pâtisserie. Je pense même qu'il n'était pas fâché que
je sois veuve, que j'aie moi-même un enfant.

» Je ne sais pas si vous me comprenez? »

Il comprenait, mais, ce qui l'étonnait, c'est
qu'elle l'eût si bien compris et qu'elle en convînt
si gentiment.

— Tout de suite après notre mariage, il a acheté un hôtel particulier, avenue d'Iéna, et, quelques années plus tard, le château d'Anzi, en Sologne. Il me couvrait de bijoux, m'envoyait che-

les couturiers, me conduisait au théâtre et aux
courses. Il a même fait construire un yacht, dont il
ne s'est jamais servi, car il souffrait du mal de
mer.

— Vous croyez qu'il était heureux ?

— Je ne sais pas. A son bureau, rue Tronchet,
il l'était probablement, parce qu'il était entouré
d'inférieurs. Je crois qu'ailleurs il avait toujours
l'impression qu'on se moquait de lui. Pourtant
c'était un brave homme, aussi intelligent que la
plupart de ceux qui brassent des affaires. Peut-
être avait-il commencé trop tard à avoir beaucoup
d'argent.

» Il s'est mis en tête de devenir un grand capi-
taine d'industrie et, à côté de la « crème Juva »,
qui était une mine d'or, il a voulu créer d'autres
produits: un dentifrice, un savon, que sais-je, pour
la publicité desquels il a dépensé des millions.
Il a édifié des usines non seulement pour les produits eux-mêmes, mais pour les emballages, et
Théo, qui est entré dans l'affaire, voyait peut-
être encore plus grand que lui.

» Cela a duré vingt-cinq ans, monsieur Maigret.
Maintenant, j'en garde à peine le souvenir, tellement cela a passé vite. Nous étions toujours pres-
sés. Nous allions de notre maison de Paris à
notre château, et de là à Cannes ou à Nice, pour
revenir à Paris dare-dare, avec deux autos dont
une emmenait les bagages, le maître d'hôtel, les
femmes de chambre, la cuisinière.

» Puis il a décidé de faire un voyage chaque
année, et nous sommes allés à Londres et en
Ecosse, en Turquie, en Egypte, toujours en courant, parce que ses affaires le réclamaient, toujours avec de pleines malles de robes et mes bi-

joux que, dans chaque ville, il fallait mettre en
sûreté dans une banque.

» Arlette s'est mariée, je n'ai jamais su pourquoi. Ou plutôt je n'ai jamais su pourquoi elle a
soudain épousé ce garçon que nous ne connaissions
même pas, alors qu'elle aurait pu choisir parmi
les jeunes gens riches qui fréquentaient notre
maison.

— Votre mari n'avait-il pas un faible pour
votre fille?

— Avouez que vous vous demandez si ce n'était
pas plus qu'un faible, n'est-ce pas? Je me le suis
demandé aussi. Cela paraît naturel qu'un homme
d'un certain âge, vivant avec une jeune fille qui
n'est pas la sienne, en devienne amoureux. Je les
ai observés tous les deux. C'est exact qu'il la
comblait de cadeaux et qu'il faisait tous ses ca-
prices. Je n'ai jamais rien découvert d'autre.
Non! Et j'ignore pourquoi Arlette s'est mariée, à
vingt ans, avec le premier venu. Je comprends
beaucoup de gens, mais je n'ai jamais compris
ma propre fille.

— Vous vous entendiez bien avec vos beaux-
fils?

— Théo, l'aîné, n'a pas tardé à me battre plutôt froid, mais Charles s'est toujours comporté avec
moi comme si j'étais sa mère. Théo ne s'est jamais marié. Il a vécu, en somme, pendant un certain nombre d'années, la vie que son père n'a
pas pu vivre, faute d'y être préparé. Pourquoi me
regardez-vous comme ça?

Toujours à cause du contraste. Elle parlait légèrement, un sourire épars sur ses traits, avec la
même expression candide dans ses yeux clairs
et il s'étonnait des paroles qu'elle prononçait.

— J'ai eu le temps de réfléchir, vous savez, depuis cinq ans que je vis seule ici! Théo, donc, fréquentait les champs de courses, le *Maxim's*, le *Fouquet's*, tous les endroits à la mode, et passait ses étés à Deauville. A cette époque-là, il tenait table ouverte, toujours entouré de jeunes gens qui avaient de grands noms, mais pas d'argent. Il continue à mener la même vie, ou plutôt à fréquenter les mêmes endroits, mais c'est son tour d'être désargenté et de se faire inviter. Je ne sais pas comment il s'y prend.

— Vous n'avez pas été surprise de le savoir à Etretat?

— Il y a longtemps que nous ne nous parlons plus. Je l'ai aperçu en ville, il y a deux semaines, et j'ai pensé qu'il était de passage. Puis, dimanche, Charles me l'a amené, en nous demandant à tous les deux de faire la paix, et je lui ai tendu la main.

— Il ne vous a fourni aucune raison de sa présence ici?

Il a simplement dit qu'il éprouvait le besoin de se reposer. Mais vous m'avez coupé le fil. J'en étais à l'époque où mon mari vivait encore, et les dix dernières années n'ont pas toujours été drôles.

— Quand vous a-t-il acheté cette maison?

— Avant le commencement de la dégringolade, alors que nous avions l'hôtel particulier de Paris, le château, et tout le tremblement. J'avoue que c'est moi qui lui ai demandé d'avoir un pied-à-terre ici, où je me sens plus chez moi qu'ailleurs.

Eut-il un involontaire sourire? Elle dit très vite:

— Je sais ce que vous pensez, et vous n'avez

peut-être pas tout à fait tort. A Anzi, je jouais à
la châtelaine, comme Ferdinand me priait de le
faire. Je présidais toutes les bonnes oeuvres, toutes
les cérémonies, mais personne ne savait qui j'é-
tais. Cela m'a paru injuste qu'on ne me voie pas
sous mon nouveau jour dans la ville où j'ai
été pauvre et humiliée. Ce n'est peut-être pas joli,
mais je crois que c'est humain.

» Autant le dire moi-même, puisque tout le
monde vous le dira et que certains, justement,
non sans ironie, m'appellent la Châtelaine.

» Derrière mon dos, ils préfèrent m'appeler
simplement Valentine !

» Je n'ai jamais rien connu aux affaires, mais
il est évident que Ferdinand a trop entrepris,
pas toujours à propos, peut-être pas tant pour
épater les autres que pour se prouver à lui-même
qu'il était un grand financier.

» On a commencé par vendre le yacht, puis le
château. Un soir qu'après le bal je lui remettais
mes perles pour les placer dans le coffre, il m'a
dit avec un sourire amer :

» — Cela vaut mieux, en effet, pour les gens.
Mais ce ne serait pas un grand malheur qu'on
les vole, car ce ne sont plus que des répliques. »

» Il est devenu taciturne, solitaire. La crème
« Juva » gardait seule quelque valeur, tandis que
les affaires nouvelles s'écroulaient les unes après
les autres.

— Il aimait ses fils ?

— Je ne sais pas. Cela vous semble drôle que
je vous réponde ça ? On imagine que les parents
aiment leurs enfants. Cela paraît naturel. Je me
demande maintenant si le contraire n'est pas plus
fréquent qu'on ne pense.

» Il a certainement été flatté de voir Théo reçu dans des cercles fermés où il n'osait pas rêver d'être reçu lui-même. Il a dû se rendre compte, d'autre part, que Théo n'avait aucune valeur personnelle et que ses idées prestigieuses étaient pour beaucoup dans la dégringolade.

» Quant à Charles, il ne lui a jamais pardonné d'être un mou, car il affectait une extrême horreur pour les mous, les faibles.

— Parce qu'il en était un, au fond, est-ce bien ce que vous voulez dire ?

— Oui. Toujours est-il que ses dernières années ont été tristes, à voir crouler son domaine pièce après pièce. Peut-être m'aimait-il vraiment ? Ce n'était pas un homme expansif, et je ne me souviens pas de l'avoir entendu m'appeler « chérie ». Il a voulu que je sois à l'abri du besoin et a mis cette maison en viager, m'a assuré une petite rente avant de mourir. C'est à peu près tout ce qu'il a laissé. Ses enfants n'ont eu que quelques souvenirs sans valeur, tout comme ma fille, avec qui il n'a fait aucune distinction.

— Il est mort ici ?

— Non. Il est mort tout seul, dans une chambre d'hôtel, à Paris, où il était allé dans l'espoir de négocier une nouvelle affaire. Il avait soixante-dix ans. A présent, vous commencez à connaître la famille. Je ne sais pas au juste ce que fait Théo, mais il a toujours une petite auto ; il est bien habillé et vit dans les endroits élégants. Quant à Charles, qui a quatre enfants et une femme pas fort agréable, il a essayé plusieurs métiers sans succès. Sa marotte était de fonder un journal. Cela a raté à Rouen et au Havre. Alors, il s'est mis, à Fécamp, dans une affaire d'engrais tirés des déchets de poisson, puis, comme cela ne marchait pas trop mal, il s'est inscrit sur je ne sais quelle liste pour les élections.

» Il a été élu par le plus grand des hasards, et le voilà député depuis deux ans.

» Ils ne sont des saints ni les uns ni les autres, mais ils ne sont pas non plus méchants.

» S'ils n'ont pas pour moi un amour aveugle, je ne pense pas non plus qu'ils me détestent, et ma mort ne leur serait profitable ni aux uns ni aux autres.

» Les bibelots que vous voyez ne feraient pas une grosse somme dans une salle des ventes, et c'est, avec les répliques de mes anciens bijoux, tout ce qui m'appartient en propre.

» Quant aux gens du pays, ils se sont habitués à la vieille femme que je suis et me considèrent un peu comme faisant partie du paysage.

» Presque tous ceux que j'ai connus dans ma jeunesse ont disparu. Il reste quelques vieilles personnes, comme l'aînée des demoiselles Seuret, à qui je rends visite de temps en temps.

» Que quelqu'un puisse avoir l'idée de m'empoisonner, cela me paraît tellement impossible, tellement absurde que je suis un peu gênée de vous voir ici et que j'ai honte, à présent, d'être allée vous chercher à Paris.

» Vous avez dû me prendre pour une vieille toquée, avouez-le !

— Non.

— Pourquoi ? Qu'est-ce qui vous fait penser que c'était sérieux ?

— La Rose est morte !

— C'est vrai.

Elle jeta un coup d'oeil par la fenêtre, vit les

meubles éparpillés dans la cour, les couvertures qui pendaient sur la corde à linge.

— Votre jardinier est ici aujourd'hui?

— Non. C'était hier son jour.

— La femme de ménage a descendu seule les meubles?

— Nous les avons démontés et descendus à nous deux, ce matin, de bonne heure, avant que je me rende à Yport.

Ils étaient lourds et l'escalier était étroit, avec un tournant difficile.

— Je suis plus forte qu'il n'y paraît, monsieur Maigret. J'ai l'air d'avoir des os d'oiseau, et en effet ils ne sont pas gros. Mais Rose, malgré toute sa chair, n'était pas plus vigoureuse que moi.

Elle se leva pour lui remplir son verre et prit elle-même une goutte de vieux calvados doré dont le parfum imprégnait la pièce.

Elle fut surprise par la question que Maigret lui posa alors, tranquillement, en tirant doucement sa pipe.

— Croyez-vous que votre gendre — Julien Sudre, n'est-ce pas? — soit un mari complaisant?

Etonnée, elle rit.

— Je ne me suis jamais posé la question.

— Vous ne vous êtes jamais demandé non plus si votre fille avait un ou des amants?

— Mon Dieu, je n'en serais pas surprise.

— Il y avait un homme ici, dans la chambre d'amis, avec votre fille, la nuit de dimanche à lundi.

Elle fronça les sourcils, réfléchit.

— Je comprends, à présent.

— Qu'est-ce que vous comprenez?

— Certains détails qui ne m'avaient pas frappée sur le moment. Toute la journée, Arlette a été distraite, préoccupée. Après le déjeuner, elle a proposé d'aller promener les enfants de Charles sur la plage et a paru déçue quand il a voulu y aller lui-même. Lorsque je lui ai demandé pourquoi son mari ne l'avait pas accompagnée, elle m'a répondu qu'il avait un paysage à finir au bord de la Seine.

» — Tu restes à coucher?

» — Je ne sais pas. Je ne crois pas. Il vaut peut-être mieux que je prenne le train du soir.

» J'ai insisté. Plusieurs fois, je l'ai surprise regardant par la fenêtre, et je me souviens maintenant qu'à la tombée de la nuit une auto est passée à deux ou trois reprises, presque au pas, sur la route.

— De quoi avez-vous parlé?

— C'est difficile à dire. Mimi avait à soigner son bébé, qu'il a fallu changer plusieurs fois. Elle a dû aussi préparer le biberon, calmer Claude, qui a cinq ans, et qui abîmait les plates-bandes. On a parlé des enfants, naturellement. Arlette a fait remarquer à Mimi que le dernier avait dû être une surprise pour elle, après cinq ans, alors que l'aîné a déjà quinze ans, et Mimi a répondu que Charles n'en faisait jamais d'autres, que ce n'était pas lui qui avait les ennuis...

» Vous voyez ça d'ici! On a échangé des recettes de cuisine.

— Arlette n'est-elle pas montée dans votre chambre, après le dîner?

— Oui. Je voulais lui montrer une robe que je me suis fait faire récemment, et je l'ai essayée devant elle.

— Où se tenait-elle?

— Elle était assise sur le lit.

— Est-elle restée seule?

— Peut-être quelques instants, pendant que je prenais la robe dans la petite pièce qui me sert de lingerie. Mais je n'imagine pas Arlette versant du poison dans la bouteille de médicament. Il aurait fallu d'ailleurs qu'elle ouvre la pharmacie, et celle-ci se trouve dans la salle de bains. Je l'aurais entendue. Pourquoi Arlette aurait-elle fait ça? Ainsi, ce pauvre Julien est cocu?

— Un homme a rejoint Arlette dans sa chambre après minuit et a dû s'en aller précipitamment par la fenêtre quand il a entendu les gémissements de Rose.

Elle ne put s'empêcher de rire.

— Cela tombait mal!

Mais cela ne lui faisait pas peur rétrospectivement.

— Qui est-ce? Quelqu'un d'ici?

— Quelqu'un qui l'a amenée de Paris en auto, un certain Hervé Peyrot, qui est dans les vins.

— Jeune?

— Une quarantaine d'années.

— Cela m'étonnait aussi qu'elle vienne par le train, alors que son mari a une voiture et qu'elle conduit. Tout cela est drôle, monsieur Maigret. Au fond, je suis contente que vous soyez là. L'inspecteur a emporté le verre et la bouteille de médicament, ainsi que divers objets qui se trouvaient dans ma chambre et dans la salle de bains. Je suis curieuse de savoir ce que les gens du laboratoire découvriront. Il est venu également des policiers en civil, qui ont pris des photos. Si la Rose n'avait pas été si têtue, aussi! Je lui ai

dit que le médicament avait un drôle de goût et,
une fois derrière la porte, elle n'en a pas moins
avalé ce qui restait dans le verre. Elle n'avait
pas besoin de somnifère, je vous assure. Combien de fois, à travers la cloison, l'ai-je entendue
ronfler, à peine couchée! Peut-être aimeriez-vous
visiter la maison?

Il s'y trouvait depuis une heure à peine, et il
lui semblait déjà qu'il la connaissait, qu'elle lui
était familière. La rigide silhouette de la femme
de ménage — une veuve, certainement! — s'enca-
dra dans la porte.

— Est-ce que vous mangerez le reste de ragoût
ce soir, ou est-ce que je le donne au chat?

Elle disait cela presque méchamment, sans un
sourire.

— Je le mangerai, madame Leroy.

— J'ai fini dehors. Tout est propre. Quand
vous voudrez m'aider à remonter les meubles...

Valentine sourit en coin à Maigret.

— Tout à l'heure.

— C'est que je n'ai plus rien à faire.

— Alors, reposez-vous un moment.

Et elle le précéda dans l'escalier étroit qui sentait l'encaustique.

3

LES AMANTS D'ARLETTE

PASSEZ ME VOIR
quand il vous plaira, monsieur Maigret. C'est
bien le moins que je sois toujours à votre disposition, après vous avoir demandé de venir de Paris. Vous ne m'en voulez pas trop de vous avoir
dérangé pour cette histoire abracadabrante?

C'était dans le jardin, au moment de la quitter.
La veuve Leroy attendait toujours sa patronne
pour l'aider à remonter les meubles dans la
chambre de Rose. Un instant, Maigret avait failli
offrir un coup de main, tant on voyait mal Valentine coltiner de lourds fardeaux.

— Je suis surprise maintenant d'avoir tant
insisté pour que vous veniez, car je n'ai même
pas peur.

— Mme Leroy va coucher chez vous?

— Oh! non, elle sera partie dans une heure.
Elle a un fils de vingt-quatre ans qui travaille
au chemin de fer et qu'elle dorlote comme un
bébé. C'est parce qu'il va bientôt rentrer qu'elle
ne tient pas en place.

— Vous dormirez seule dans la maison?

— Ce ne sera pas la première fois.

Il avait traversé le jardinet, poussé la barrière qui grinçait un peu. Le soleil déclinait du côté de la mer et inondait le chemin de lumière jaune, déjà rougeâtre. C'était une vraie route comme dans son enfance, non goudronnée, où les pieds butaient dans la poussière moelleuse, avec des haies et des orties en bordure.

Un tournant s'amorçait, un peu plus bas, et c'est en tournant qu'il aperçut, venant en sens inverse, une silhouette de femme qui montait lentement la pente.

Elle était à contre-jour, vêtue de sombre, et il la reconnut sans l'avoir jamais vue, c'était incontestablement Arlette, la fille de la vieille dame. Elle paraissait moins petite et moins menue que sa mère, mais elle avait la même délicatesse, semblait faite comme elle, d'une matière fine et précieuse, et elle avait les mêmes yeux immenses, d'un bleu irréel.

Reconnut-elle le commissaire, dont la photographie avait paru si souvent dans les journaux? Se dit-elle simplement, en voyant sur ce chemin un inconnu vêtu en citadin, que cela ne pouvait être qu'un policier?

Il sembla à Maigret que, pendant le court moment qu'ils mirent à se croiser, elle hésitait à lui adresser la parole. Il hésita, lui aussi. Il avait envie de lui parler, mais le moment et le lieu étaient mal choisis.

Ils ne firent donc que se regarder en silence, et les yeux d'Arlette n'exprimaient aucun sentiment. Ils étaient graves, avec quelque chose d'absent, d'impersonnel. Maigret se retourna alors qu'elle avait disparu derrière la haie, puis il continua son chemin jusqu'aux premières rues d'Etretat.

Il rencontra l'inspecteur Castaing devant un étalage de cartes postales.

— Je vous attendais, commissaire. On vient de m'apporter les rapports. Je les ai en poche. Vous voulez les lire?

— J'aimerais, avant tout, m'asseoir à une terrasse et boire un verre de bière fraîche.

— Elle ne vous a rien offert?

— Elle m'a offert un calvados tellement vieux, tellement fameux que cela m'a donné soif de quelque chose de plus vulgaire et de plus désaltérant.

Ce soleil qui, dès le milieu de l'après-midi, descendait sous forme d'une énorme boule rouge, annonçait l'arrière-saison, comme aussi les baigneurs plus rares qui portaient déjà des vêtements de laine et qui, chassés de la plage par la fraîcheur, ne savaient que faire dans les rues.

— Arlette vient d'arriver, dit Maigret quand ils furent installés devant un guéridon, place de la Mairie.

— Vous l'avez vue?

— Je suppose que, cette fois, elle est venue par le train.

— Elle s'est rendue chez sa mère? Vous lui avez parlé?

— Nous n'avons fait que nous croiser, à une centaine de mètres de *La Bicoque*.

— Vous croyez qu'elle va y coucher?

— Cela me paraît probable.

— Il n'y a personne d'autre dans la maison, n'est-ce pas?

— Il n'y aura, cette nuit, que la mère et la fille.

Cela préoccupait l'inspecteur.

— Vous n'allez pas me condamner à lire tous ces papiers? fit Maigret en repoussant la grosse enveloppe jaune bourrée de documents. Parlez-moi du verre, d'abord. C'est vous qui l'avez trouvé et emballé?

— Oui. Il était dans la chambre de la bonne, sur la table de nuit. J'ai demandé à Mme Besson si c'était bien le verre qui avait contenu le médicament. Il paraît qu'on ne peut pas s'y tromper, parce que c'est un verre légèrement teinté, le seul qui reste d'un service ancien.

— Empreintes?

— Celles de la vieille dame et celles de Rose.

— La bouteille?

— J'ai trouvé la bouteille de somnifère dans la pharmacie de la salle de bains, à la place qu'on m'a désignée. Elle ne porte que les empreintes de la vieille dame. A propos, vous avez visité sa chambre?

Castaing avait été surpris, lui aussi, comme Maigret, en entrant dans la chambre de Valentine. Celle-ci l'avait ouverte au commissaire avec une simplicité enjouée, sans un mot, mais elle devait savoir l'effet que la pièce produirait.

En effet, si le reste de la maison était joli, de bon goût, marqué d'une certaine recherche, on ne s'attendait cependant pas à se trouver soudain dans une chambre de grande coquette, toute tendue de satin crème. Au milieu de l'immense lit, un chat persan au pelage bleuté faisait la sieste, et il avait à peine entrouvert ses yeux dorés en l'honneur de l'intrus.

— C'est peut-être un cadre un peu ridicule pour une vieille femme, n'est-ce pas?

Quand ils étaient passés dans la salle de bains aux carreaux jaunes, elle avait ajouté :

— Cela tient probablement à ce que, jeune fille, je n'ai jamais eu ma chambre, que je couchais avec mes soeurs dans une mansarde et qu'il fallait aller nous laver dans la cour, sur la margelle du puits. Avenue d'Iéna, Ferdinand m'avait aménagé une salle de bains en marbre rose, où tous les accessoires étaient de vermeil, et où l'on descendait dans la vasque par trois marches.

La chambre de Rose était vide, avec un courant d'air qui gonflait les rideaux de cretonne comme des crinolines, un plancher ciré, un papier à fleurs sur les murs.

— Que dit le médecin légiste?

— L'empoisonnement est indiscutable. Arsenic à forte dose. Le somnifère n'est pour rien dans la mort de la domestique. Le rapport ajoute que le liquide devait avoir un goût très amer.

— Valentine l'a dit aussi.

— Et la Rose a bu quand même. Regardez la personne qui vient sur l'autre trottoir et se dirige vers la papeterie. C'est Théo Besson.

C'était un homme grand et osseux, aux traits vigoureusement dessinés, qui paraissait la cinquantaine. Il portait un vêtement de tweed de couleur rouille qui faisait très anglais. Il était tête nue, les cheveux gris et clairsemés.

Il aperçut les deux hommes. Il connaissait déjà l'inspecteur et, sans doute, reconnut-il le commissaire Maigret. Comme Arlette l'avait fait, il hésita, esquissa un léger salut de la tête et pénétra dans la papeterie.

— Vous l'avez questionné?

— Incidemment. Je lui ai demandé s'il n'avait aucune déclaration à me faire et s'il comptait rester longtemps à Etretat. Il m'a répondu qu'il n'avait pas l'intention de quitter la ville avant la fermeture de l'hôtel, le 15 septembre.

— A quoi passe-t-il ses journées?

— Il marche beaucoup, le long de la mer, tout seul, d'un grand pas régulier, comme les gens d'un certain âge qui veulent se tenir en forme.

» Il se baigne, vers onze heures, et traîne, le reste du temps, au bar du casino ou dans les bistrots.

— Il boit beaucoup?

— Une dizaine de whiskies par jour, mais je ne pense pas qu'il s'enivre. Il lit quatre ou cinq journaux. Parfois il joue, sans jamais s'asseoir à une des tables.

— Rien d'autre dans ces rapports?

— Rien d'intéressant.

— Théo Besson n'a pas revu sa belle-mère depuis dimanche?

— Pas que je sache.

— Qui l'a revue? Donnez-moi donc un résumé de la journée de lundi. J'ai à peu près celle du dimanche, mais je vois mal le déroulement de celle du lundi.

Il connaissait l'emploi du temps de Valentine le mardi. Elle le lui avait dit. Elle avait quitté *La Bicoque* de bonne heure, laissant Mme Leroy seule, et avait pris le premier train pour Paris. Un taxi l'avait conduite Quai des Orfèvres, où elle avait eu son entretien avec le commissaire.

— Vous êtes ensuite allée voir votre fille? lui avait-il demandé tout à l'heure.

— Non. Pourquoi?

— Vous n'allez jamais la voir quand vous êtes à Paris?

— Rarement. Ils ont leur vie, et j'ai la mienne. En outre, je n'aime pas le quartier Saint-Antoine où ils habitent, ni leur appartement de petits bourgeois.

— Qu'est-ce que vous avez fait?

— J'ai déjeuné dans un restaurant de la rue Duphot, où j'ai toujours aimé manger, j'ai fait deux ou trois emplettes dans le quartier de la Madeleine, et j'ai repris mon train.

— Votre fille vous savait à Paris?

— Non.

— Votre beau-fils Charles non plus?

— Je ne lui ai pas parlé de mon idée.

Il avait envie, maintenant, de savoir ce qui s'était passé le lundi.

— Quand je suis arrivé, vers huit heures, dit Castaing, j'ai trouvé la maison dans une certaine effervescence, comme vous pouvez le penser.

— Qui s'y trouvait?

— Mme Besson, bien entendu.

— Dans quelle tenue?

— Dans sa tenue habituelle. Sa fille était là aussi, non coiffée, en pantoufles. Le docteur Jolly leur tenait compagnie, un homme d'un certain âge, un ami de la famille, calme, pondéré, et le vieux jardinier venait d'arriver. Quand à Charles Besson, il me précédait de quelques pas.

— Qui vous a donné les renseignements?

— Valentine. De temps en temps, le docteur l'interrompait pour lui demander un détail important. Elle m'a dit que c'était elle qui avait fait téléphoner à son beau-fils pour l'avertir. Il était

très ému, très « catastrophé ». Il a paru soulagé
de voir que les journalistes n'étaient pas encore
sur place et que la population ne savait rien. Vous
venez de rencontrer son frère. Il lui ressemble,
en plus gros et en plus mou.

» Le fait qu'il n'y a pas le téléphone dans la
maison a compliqué mon travail, car j'ai dû appeler plusieurs fois Le Havre et, chaque fois,
j'ai été obligé de venir en ville.

» Le docteur, qui avait des malades à voir, est
parti le premier.

— Les parents de Rose n'étaient pas prévenus?

— Non. On ne paraissait pas penser à eux.
C'est moi qui suis allé les mettre au courant, à
Yport. Le père était en mer. C'est un frère qui
m'a accompagné, avec sa mère.

— Comment cela s'est-il passé?

— Plutôt mal. La mère a regardé Mme Besson comme si elle la rendait responsable de ce qui
était arrivé et ne lui a pas adressé la parole.
Quant au frère, à qui Charles Besson disait je ne
sais quoi, il s'est emballé.

» — Il faudra bien qu'on sache la vérité, et ne
comptez pas que je laisserai étouffer l'affaire
parce que vous avez le bras long !

» Ils voulaient emporter le corps à Yport. J'ai
eu du mal à les convaincre qu'il fallait tout d'a-
bord le transporter au Havre pour l'autopsie.

» Sur ces entrefaites, le père est arrivé, en vé-
lo. Il n'a rien dit à personne. C'est un petit,
trapu, très fort, très charpenté. Dès que le corps
a été chargé dans le fourgon, il a emmené sa
famille. Charles Besson a proposé de les recon-
duire dans sa voiture, mais ils ont refusé, et ils

sont partis tous les trois à pied, le vieux poussant sa bicyclette.

» Je ne peux pas vous garantir l'ordre chronologique exact de ce que je vous raconte. Des voisins ont commencé à arriver, puis des gens de la ville ont envahi le jardin. J'étais en haut, avec Cornu, de l'Identité Judiciaire, qui prenait des photos et relevait les empreintes.

» Quand je suis redescendu, vers midi, je n'ai plus vu Arlette, et sa mère m'a appris qu'elle était repartie pour Paris, par crainte que son mari s'inquiétât.

» Charles Besson est resté jusqu'à trois heures de l'après-midi et est rentré à Fécamp.

— Il vous a parlé de moi?

— Non. Pourquoi?

— Il ne vous a pas dit qu'il comptait demander au ministre de me charger de l'enquête?

— Il ne m'a parlé de rien, sinon qu'il ferait le nécessaire auprès des journaux. Je ne vois rien d'autre lundi. Ah si! Dans la soirée, j'ai aperçu dans la rue Théo Besson, qu'on m'avait désigné, et je me suis arrêté pour échanger quelques mots avec lui.

» — Vous êtes au courant de ce qui est arrivé à *La Bicoque?*

» — On m'en a parlé.

» — Vous n'avez aucun renseignement qui puisse m'aider dans mon enquête?

» — Absolument aucun.

» Il était très froid, lointain. C'est alors que je lui ai demandé s'il comptait quitter Etretat et qu'il m'a répondu ce que vous savez. Maintenant, si vous n'avez pas besoin de moi ce soir, je vais rentrer au Havre pour rédiger mon rapport. J'ai promis à ma femme de dîner avec elle si possible, car nous avons des amis à la maison. »

Il avait laissé sa voiture devant l'hôtel, et Maigret l'accompagna par les rues paisibles où parfois, à un tournant, on découvrait un pan de mer.

— Cela ne vous inquiète pas un peu qu'Arlette couche chez sa mère cette nuit et que les deux femmes soient seules dans la maison?

On le sentait préoccupé et peut-être, à cause du calme de Maigret, trouva-t-il que celui-ci prenait légèrement la chose.

A mesure que le soleil devenait plus rouge, que les toits des maisons semblaient flamber, la mer prenait, par places, une couleur d'un vert glacé, et on aurait dit que le monde, du côté opposé au couchant, commençait à se figer dans une éternité inhumaine.

— A quelle heure voulez-vous que je vienne demain matin?

— Pas avant neuf heures. Peut-être pourriez-vous téléphoner de ma part à la P. J., afin d'avoir tous les renseignements possibles sur Arlette Sudre et sur son mari. J'aimerais savoir aussi quelle est la vie de Charles Besson quand il est à Paris et, ma foi, tant que vous y êtes, demandez des tuyaux sur Théo. Tâchez de parler à Lucas. Je n'aime pas téléphoner ces choses-là d'ici.

La plupart des passants se retournaient sur eux et on les épiait par les vitres des devantures. Maigret ignorait encore ce qu'il ferait de sa soirée, et par quel bout il prendrait l'enquête. De temps en temps, il se répétait machinalement :

« La Rose est morte. »

C'était la seule personne dont il ne savait encore

rien, sinon qu'elle était dodue et qu'elle avait de gros seins.

— Au fait, demanda-t-il à Castaing, qui poussai+ le démarreur, elle devait avoir des objets personnels dans sa chambre, chez Valentine. Qu'est-ce qu'on en a fait?

— Ses parents les ont fourrés dans sa valise qu'ils ont emportée.

— Vous avez demandé à les voir?

— Je n'ai pas osé. Si vous allez là-bas, vous comprendrez. Leur accueil n'a rien d'amical. Ils vous regardent d'un air méfiant et se regardent les uns et les autres avant de répondre par monosyllabes.

— J'irai sans doute les voir demain.

— Cela m'étonnerait que Charles Besson ne vienne pas vous rendre visite. Puisqu'il a tant fait que de déranger le ministre pour vous avoir dans l'affaire!

Castaing lâcha sa petite auto sur la route du Havre, et Maigret, avant d'entrer à son hôtel, se dirigea vers le casino, dont la terrasse dominait la plage. C'était machinal. Il obéissait à cette sorte d'impulsion qui pousse les gens des villes, quand ils sont au bord de la mer, à aller regarder le soleil se coucher.

En effet, ce qu'il restait de baigneurs à Etretat était là, des jeunes filles en robes claires, quelques vieilles dames, à guetter le fameux rayon vert qui jaillirait des flots à l'instant précis où la boule rouge plongerait derrière l'horizon.

Maigret s'en fit mal aux yeux, ne vit pas le rayon vert et entra au bar, où une voix familière lui lança :

— Qu'est-ce que ce sera, commissaire?

— Tiens ! Charlie !

Un barman qu'il avait connu dans un établissement de la rue Daunou et qu'il était surpris de retrouver ici.

— Je ne me doutais pas que ce serait vous qui viendrait vous occuper de cette affaire. Qu'est-ce que vous en pensez ?

— Et vous ?

— Je pense que la vieille dame a eu une fameuse chance et que la bonniche a joué de malheur.

Maigret but un calvados, parce qu'il était en Normandie et qu'il avait commencé. Charlie s'occupa d'autres clients. Théo Besson vint s'asseoir sur un des hauts tabourets et déploya un journal de Paris qu'il venait probablement d'aller chercher à la gare.

A part quelques petits nuages qui restaient roses, le monde, dehors, avait perdu toute couleur, avec l'infini indifférent du ciel formant couvercle sur l'infini de la mer.

« La Rose est morte. »

Morte d'avoir bu un médicament qui ne lui était pas destiné et dont elle n'avait aucun besoin.

Il traîna encore un peu, alourdi par le calvados, puis se dirigea vers son hôtel, dont la façade, dans le crépuscule, était d'un blanc crayeux. Il passa entre les plantes vertes du perron, poussa la porte et suivit la carpette rouge jusqu'au bureau, où il comptait prendre sa clef. Le gérant se pencha sur lui, confidentiel :

— Il y a une dame qui vous attend depuis un bon moment.

Et du regard, il lui désignait un coin du hall, aux fauteuils recouverts de velours rouge.

— Je lui ai dit que je ne savais pas quand vous rentreriez, et elle m'a répondu qu'elle attendrait. C'est...

Il balbutia un nom si bas que Maigret n'entendit pas. Mais, en se retournant, il reconnut Arlette Sudre qui, à ce moment, se leva de son fauteuil.

Mieux que l'après-midi, il remarqua son élégance, peut-être parce qu'elle était seule ici en tenue de ville, avec un chapeau très parisien qui faisait penser à un cinq à sept dans le quartier de la Madeleine.

Il s'avança vers elle, pas trop à son aise.

— C'est moi que vous attendez, je pense? Commissaire Maigret.

— Comme vous le savez, je suis Arlette Sudre.

Il fit signe de la tête qu'en effet il ne l'ignorait pas. Puis tous deux se turent un moment. Elle regarda autour d'elle, afin de lui faire comprendre qu'il était difficile de parler dans ce hall, où un vieux couple les dévisageait en tendant l'oreille.

— Je suppose que vous désirez me parler en particulier? Malheureusement, nous ne sommes pas au Quai des Orfèvres. Je ne vois pas où...

Il regardait autour de lui, lui aussi. Il ne pouvait pas l'inviter à monter dans sa chambre. On voyait les serveuses mettre les couverts dans la salle à manger prévue pour deux cents personnes et où il n'y aurait guère qu'une vingtaine de dîneurs.

— Peut-être le plus simple serait-il que vous mangiez un morceau avec moi? Je pourrais choisir une table isolée...

Plus à son aise que lui, elle accepta la proposition, naturellement, sans le remercier, et le suivit dans la salle encore vide.

— On peut dîner ? demanda-t-il à la serveuse.

— Dans quelques minutes. Vous pouvez déjà vous asseoir. Deux couverts ?

— Un instant. Est-il possible d'avoir quelque chose à boire ?

Il se tourna, interrogateur, vers Arlette.

— Martini, dit-elle du bout des lèvres.

— Deux martinis.

Il se sentait toujours gêné, et cela ne venait pas seulement de ce qu'un homme, le dimanche précédent, avait passé une partie de la nuit dans la chambre d'Arlette. Celle-ci était le type même de la jolie femme avec qui un homme dîne en bonne fortune, en tête à tête, épiant les gens qui entrent avec la crainte d'être reconnu. Et il allait dîner ici, avec elle.

Elle ne l'aidait pas, le regardait tranquillement, comme si c'était à lui de parler et non à elle.

— Ainsi, vous êtes revenue de Paris ! dit-il, de guerre lasse.

— Vous devez deviner pourquoi ?

Probablement était-elle plus jolie que sa mère n'avait jamais été, mais, contrairement à Valentine, elle ne faisait rien pour plaire, restait distante, sans mettre de chaleur dans son regard.

— Si vous ne le savez pas encore, je vais vous le dire.

— Vous voulez parler d'Hervé ?

On leur apportait les martinis, et elle trempa les lèvres dans le sien, tira un mouchoir de son sac en daim noir, saisit machinalement un bâton de rouge, mais ne s'en servit pas.

— Qu'est-ce que vous comptez faire? questionna-t-elle en le regardant droit dans les yeux.

— Je ne comprends pas bien la question.

— Je n'ai pas beaucoup l'expérience de ces sortes de choses, mais il m'est arrivé de lire les journaux. Lorsqu'un accident comme celui de dimanche soir survient, la police, d'habitude, fouille la vie privée de tous ceux qui y sont mêlés de près ou de loin, et il n'est pas beaucoup plus avantageux d'être innocent que coupable. Comme je suis mariée et que j'ai beaucoup d'affection pour mon mari, je vous demande ce que vous comptez faire.

— Au sujet du mouchoir?

— Si vous voulez.

— Votre mari n'est pas au courant?

Il vit sa lèvre frémir, d'impatience ou de colère, et elle laissa tomber :

— Vous parlez comme ma mère.

— Parce que votre mère a pensé que votre mari était peut-être au courant de votre vie extra-conjugale?

Elle eut un petit rire méprisant.

— Vous choisissez vos mots avec soin, n'est-ce pas?

— Si vous le préférez, je ne les choisirai plus. D'après ce que vous venez de me dire, votre mère a pensé que votre mari était ce qu'on appelle un mari complaisant.

— Si elle ne l'a pas pensé, elle l'a dit.

— Comme je ne le connais ni d'Eve ni d'Adam, je n'ai pas eu l'occasion de me faire une opinion. Maintenant...

Elle avait toujours les yeux fixés sur lui, et il éprouva le besoin d'être méchant :

— Maintenant, ne vous en prenez qu'à vous-même si cette idée vient à quelqu'un. Vous avez trente-huit ans, je pense? Vous êtes mariée depuis l'âge de vingt ans. Il est assez difficile de croire que votre expérience de dimanche est la première du genre.

Elle répliqua du tac au tac :

— Ce n'est pas la première, en effet.

— Vous aviez une seule nuit à passer dans la maison de votre mère, et vous avez éprouvé le besoin d'y introduire votre amant.

— Peut-être n'avons-nous pas souvent l'occasion de passer la nuit ensemble?

— Je ne juge pas. Je constate. De là à penser que votre mari est au courant...

— Il ne l'était pas et il ne l'est pas encore. C'est pour cela que je suis revenue après être partie trop précipitamment.

— Pourquoi êtes-vous partie dès lundi midi?

— Je ne savais pas ce que Hervé était devenu après avoir quitté la maison au moment où Rose a commencé à gémir. J'ignorais ce que mon mari ferait en apprenant la nouvelle. J'ai voulu éviter qu'il vienne ici.

— Je comprends. Et, une fois à Paris, vous vous êtes inquiétée?

— Oui. J'ai téléphoné à Charles, qui m'a appris que vous vous chargiez de l'enquête.

— Cela vous a rassurée?

— Non.

— Je peux servir, messieur-dame?

Il fit signe que oui, et ils ne reprirent l'entretien qu'une fois le potage sur la table.

— Mon mari saura-t-il?

3

— C'est improbable. Pas si ce n'est pas indispensable.

— Vous me soupçonnez d'avoir tenté d'empoisonner ma mère?

Sa cuiller resta un moment en suspens, et il la regarda avec une stupeur mêlée d'une pointe d'admiration.

— Pourquoi me demandez-vous cela?

— Parce que j'étais la seule personne dans la maison à pouvoir mettre du poison dans le verre. Plus exactement, j'étais la seule qui se trouvait encore dans la maison quand c'est arrivé.

— Vous voulez dire que Mimi aurait pu le faire avant son départ?

— Mimi ou Charles, ou même Théo. Seulement, c'est fatalement à moi qu'on pensera.

— Pourquoi fatalement?

— Parce que tout le monde est persuadé que je n'aime pas ma mère.

— Et c'est vrai?

— C'est à peu près vrai.

— Cela vous ennuierait beaucoup que je vous pose quelques questions? Remarquez que je ne le fais pas officiellement. C'est vous qui êtes venue au-devant de moi.

— Vous me les auriez quand même posées un jour ou l'autre, n'est-ce pas?

— C'est possible, et même probable.

Le couple de vieux mangeait à trois tables d'eux, et il y avait ailleurs une femme d'âge moyen qui couvait du regard son fils de dix-huit ans, qu'elle servait comme un enfant. On riait haut et fort à une table de jeunes filles, par vagues, aurait-on dit.

Maigret et sa compagne parlaient à mi-voix,

sur un ton en apparence tranquille, indifférent, tout en mangeant.

— Il y a longtemps que vous n'aimez pas votre mère?

— Depuis le jour où j'ai compris qu'elle ne m'avait jamais aimée, que je n'avais été qu'un accident et qu'elle considérait que je lui avais gâché sa vie.

— Cela s'est passé quand, cette découverte?

— Alors que j'étais encore petite fille. J'ai tort, d'ailleurs, de parler de moi en particulier. Je devrais dire que maman n'a jamais aimé personne, pas même moi.

— Elle n'a pas aimé votre père non plus?

— Du jour où il a été mort, il n'a plus été question de lui. Je vous défie de trouver une seule photographie de mon père dans la maison. Vous l'avez visitée, tout à l'heure. Vous avez vu la chambre de maman. Aucun détail ne vous a frappé?

Il fit un effort de mémoire, avoua :

— Non.

— C'est peut-être que vous n'avez pas beaucoup fréquenté les maisons des vieilles femmes. Dans la plupart, vous verrez sur les murs et sur les meubles des quantités de photographies.

Elle avait raison. Pourtant, il se souvenait d'un portrait, un portrait de vieillard, dans un magnifique cadre en argent, sur la table de nuit de la chambre.

— Mon beau-père, répondit-elle à l'objection. D'abord, on l'a surtout mis là à cause du cadre Ensuite, il est quand même l'ex-propriétaire des produits « Juva », ce qui compte. Enfin, il a passé la moitié de sa vie à faire les quatre vo-

lontés de ma mère et à lui donner tout ce qu'elle
a eu. Avez-vous vu un portrait de moi? En avez-
vous vu de mes beaux-frères? Charles, par exemple, a la manie de faire photographier ses enfants
à tous les âges et d'envoyer des épreuves à la famille. Chez maman, tous ces portraits-là sont
dans un tiroir, avec des bouts de crayon, de
vieilles lettres, des bobines, que sais-je? Mais il
y a sur les murs des photos d'elle, de ses autos,
de son château, de son yacht, de ses chats, surtout de ses chats.

— Je vois, en effet, que vous ne l'aimez pas!

— Je crois que je ne lui en veux même plus.

— De quoi?

— Peu importe. Cependant, si on a essayé de
l'empoisonner...

— Pardon. Vous venez de dire *si*.

— Mettons que ce soit une façon de parler.
Encore qu'avec maman on ne sache jamais.

— Voulez-vous insinuer qu'elle aurait pu faire
semblant d'être empoisonnée?

— Cela ne tiendrait pas debout, en effet, surtout qu'il y avait du poison dans le verre, et en
quantité suffisante pour tuer, puisque la pauvre
Rose est morte.

— Vos beaux-frères et votre belle-sœur parta-
geaient votre... mettons votre indifférence, sinon
votre aversion, pour votre mère?

— Ils n'ont pas les mêmes raisons que moi.
Mimi ne l'aime pas beaucoup parce qu'elle pense
que, sans elle, mon beau-père n'aurait pas perdu
sa fortune.

— C'est exact?

— Je ne sais pas. Il est certain que c'est pour

elle qu'il a dépensé le plus d'argent et que c'est surtout elle qu'il voulait étonner.

— Quelles étaient vos relations avec votre beau-père?

— Presque tout de suite après son mariage maman m'a mise dans une pension très chic, très chère, en Suisse, sous prétexte que mon père était tuberculeux et que mes poumons devaient être surveillés.

— Sous prétexte?

— Je n'ai jamais toussé de ma vie. Seulement, la présence d'une grande fille la gênait. Peut-être aussi était-elle jalouse.

— De quoi?

— Ferdinand avait tendance à me gâter, à me dorloter. Quand je suis revenue à Paris, à dix-sept ans, il s'est mis à tourner autour de moi avec insistance.

— Vous voulez dire...?

— Non. Pas tout de suite. J'avais dix-huit ans et demi quand c'est arrivé, un soir que je m'habillais pour le théâtre; il est entré dans ma chambre alors que je n'étais pas tout à fait prête.

— Que s'est-il passé?

— Rien. Il a perdu la tête, et je l'ai giflé. Alors il est tombé à mes genoux et s'est mis à pleurer en me suppliant de ne rien dire à maman, de ne pas partir. Il m'a juré qu'il avait eu un instant de folie et qu'il ne recommencerait plus jamais.

Elle ajouta froidement :

— Il était ridicule, en habit, avec son plastron qui avait jailli du gilet. Il a dû se relever précipitamment parce que la femme de chambre entrait.

— Vous êtes restée?

— Oui.

— Vous étiez amoureuse de quelqu'un?

— Oui.

— De qui?

— De Théo.

— Et il était amoureux de vous?

— Il ne faisait pas attention à moi. Il avait sa garçonnière au rez-de-chaussée, et je savais que, malgré la défense de son père, il y introduisait des femmes. J'ai passé des nuits à l'épier. Il y en avait une, une petite danseuse du Châtelet, qui, à une certaine époque, venait presque chaque nuit. Je me suis cachée dans l'appartement.

— Et vous lui avez fait une scène?

— Je ne sais pas ce que j'ai fait exactement, mais elle est partie, furieuse, et je suis restée seule avec Théo.

— Et alors?

— Il ne voulait pas. Je l'ai presque forcé.

Elle parlait à mi-voix, sur un ton si naturel que c'était un peu hallucinant, surtout dans ce cadre pour petits bourgeois en vacances, avec la serveuse en robe noire et en tablier blanc qui les interrompait de temps en temps.

— Après? répétait-il.

— Il n'y a pas eu d'après. Nous nous sommes évités.

— Pourquoi?

— Lui, sans doute, parce qu'il était gêné.

— Et vous?

— Parce que j'étais dégoûtée des hommes.

— C'est pour cela que vous vous êtes mariée si brusquement?

— Pas tout de suite. Pendant plus d'un an,

j'ai couché avec tous les hommes qui m approchaient.

— Par dégoût?

— Oui. Vous ne pouvez pas comprendre.

— Ensuite?

— J'ai compris que cela tournerait mal; j'étais écoeuré, j'ai voulu en finir.

— En vous mariant?

— En essayant de vivre comme tout le monde

— Et vous avez continué, une fois mariée?

Elle le regarda gravement, prononça :

— Oui.

Il y eut un long silence, pendant lequel on entendit le rire des jeunes filles à l'autre table.

— Dès la première année?

— Dès le premier mois.

— Pourquoi?

— Je ne sais pas. Parce que je ne peux pas faire autrement. Julien ne s'en est jamais douté, et j'accepterais n'importe quoi pour qu'il continue de l'ignorer.

— Vous l'aimez?

— Tant pis si cela vous fait rire. *Oui!* C'est, en tout cas, le seul homme que je respecte. Vous avez d'autres questions à me poser?

— Quand j'aurai digéré tout ce que vous venez de me dire, j'en aurai probablement.

— Prenez votre temps.

— Vous comptez passer la nuit à *La Bicoque?*

— Il n'y a pas moyen de faire autrement. Les gens ne comprendraient pas que j'aille à l'hôtel, et je n'ai pas de train avant demain matin.

— Vous vous êtes disputées, votre mère et vous?

— Quand?

— Cet après-midi.

— Nous nous sommes dit quelques vérités, froidement, comme d'habitude. C'est devenu presque un jeu dès que nous sommes ensemble.

Elle n'avait pas pris de dessert et, avant de se lever de table, elle se passait son bâton de rouge sur les lèvres, en se regardant dans un petit miroir, secouait une minuscule houppette de poudre.

Ses yeux étaient les plus clairs du monde, plus clairs, d'un bleu plus limpide encore que ceux de Valentine, mais aussi vides que le ciel, tout à l'heure, quand Maigret y avait en vain cherché le rayon vert.

CHAPITRE

4

LE SENTIER DE LA FALAISE

Maigret se demandait si la fin du repas marquerait aussi la fin de leur entretien ou s'ils allaient le reprendre ailleurs, et Arlette s'était occupée à allumer une cigarette quand le gérant s'approcha du commissaire et lui parla à voix exagérément basse, si basse que Maigret dut le faire répéter.

— On vous demande au téléphone.

— Qui?

Alors le gérant regarda la jeune femme d'une façon significative, si bien que tous deux se méprirent. Les traits d'Arlette se durcirent, sans perdre pourtant leur expression indifférente.

— Voulez-vous me dire qui me demande à l'appareil? fit le commissaire avec impatience.

Et l'homme, vexé, comme obligé malgré lui de lâcher un secret d'Etat :

— M. Charles Besson.

Maigret sourit furtivement à Arlette, qui avait dû croire qu'il s'agissait de son mari, se leva en questionnant :

— Vous m'attendez?

Et après qu'elle eut battu des paupières en signe d'assentiment, il se dirigea vers la cabine, accompagné par le gérant qui expliquait :

— J'aurais mieux fait de vous passer une note, n'est-ce pas? Il faut mieux que je m'excuse de la faute d'un de mes employés. Il paraît que M. Besson vous a appelé deux ou trois fois pendant la journée, et on a oublié de vous en avertir quand vous êtes rentré pour dîner.

Une voix sonore, au bout du fil, une de ces voix qui font vibrer les appareils.

— Commissaire Maigret? Je suis désolé, confus. Je ne sais comment me faire pardonner, mais peut-être ne m'en voudrez-vous pas trop quand je vous aurai appris ce qui m'arrive.

Maigret n'eut pas le temps de placer un mot. La voix enchaînait :

— Je vous arrache à vos travaux, à votre famille. Je vous fais venir à Etretat et ne suis même pas là pour vous accueillir. Sachez, en tout cas, que j'avais l'intention de me trouver à la gare ce matin, que j'ai essayé en vain de joindre le chef de gare au bout du fil pour qu'il vous passe un message. Allô!...

— Oui.

— Figurez-vous que, la nuit dernière, j'ai dû partir précipitamment pour Dieppe, où la mère de ma femme était morte

— Elle est morte?

— Cet après-midi seulement et, comme elle n'a que des filles et que je me trouvais être le seul homme dans la maison, j'ai été forcé de rester. Vous savez comment ces choses-là se passent. Il faut penser à tout. Il y a des imprévus. Je ne

pouvais pas vous téléphoner de la maison où la
mourante ne supportait pas le moindre bruit, et
je me suis échappé par trois fois pendant quelques minutes pour vous appeler d'un bar voi-
sin. Cela a été horrible.

— Elle a beaucoup souffert?

— Pas spécialement, mais elle se voyait mourir.

— Quel âge avait-elle?

— Quatre-vingt-huit ans. Maintenant, je suis
rentré à Fécamp, où je m'occupe des enfants, car
j'ai laissé ma femme là-bas. Elle n'a que le bébé
avec elle. Si vous le désirez, cependant, je peux
prendre ma voiture et aller vous voir dès ce soir.
Autrement, dites-moi à quelle heure, demain
matin, je vous dérangerai le moins, et je me ferai un devoir d'être là-bas.

— Vous avez une communication à me faire?

— Vous voulez dire au sujet de ce qui s'est
passé dimanche?

» Je ne sais rien de plus que ce que vous avez
appris. Ah ! je voulais cependant vous annoncer
que j'ai obtenu de tous les journaux normands,
tant du Havre que de Rouen, qu'ils ne parlent
pas de l'affaire. Par le fait, il n'en sera pas question à Paris non plus. Cela n'a pas été sans peine. J'ai dû me rendre personnellement à Rouen,
mardi matin. Ils ont signalé la chose en trois
lignes, disant qu'on suppose qu'il s'agit d'un
accident. »

Il soufflait enfin, mais le commissaire n'avait
rien à lui dire.

— Vous êtes bien installé? On vous a donné
une bonne chambre? J'espère que vous allez tirer
au clair cette histoire navrante. Je ne sais pas si

vous vous levez de bonne heure. Voulez-vous
que je sois à votre hôtel à neuf heures?

— Si cela vous arrange.

— Je vous remercie et vous présente encore une
fois toutes mes excuses.

Quand Maigret sortit de la cabine, il aperçut
Arlette qui restait seule dans la salle à manger,
les coudes sur la table, tandis que l'on desser-
vait.

— Il a dû aller à Dieppe, dit-il.

— Elle est morte, enfin?

— Elle était malade?

— Il y a vingt ou trente ans qu'elle se pré-
tendait mourante. Charles doit être enchanté.

— Il ne l'aimait pas?

— Il va être tiré d'affaire pour un bout de
temps, car il fera un gros héritage. Vous ne connaissez pas Dieppe?

— Assez peu.

— Les Montet possèdent à peu près le quart
des maisons de la ville. Il va être riche, mais il
trouvera bien le moyen de perdre tout cet argent
dans quelque affaire extravagante. A moins que
Mimi ne le laisse pas faire, car, après tout, c'est
son argent à elle, et je la crois capable de se
défendre.

C'était curieux : elle disait ces choses-là sans
animosité; on ne sentait pas de méchanceté dans
sa voix, pas d'envie; on aurait dit qu'elle parlait
simplement des gens tels qu'elle les voyait et ils
apparaissaient sous un jour plus cru que sur les
photos du Service anthropométrique.

Maigret s'était rassis en face d'elle et avait
bourré sa pipe, qu'il hésitait à allumer.

— Vous me direz quand je commencerai à vous gêner.

— Vous ne paraissez pas pressée de rentrer à *La Bicoque*.

— Je ne le suis pas.

— De sorte que vous préférez n'importe quelle compagnie?

Il savait que ce n'était pas cela, que, maintenant qu'elle avait commencé à parler d'elle, elle avait probablement envie d'en dire davantage. Mais, dans cette salle démesurée où on venait d'éteindre les trois quarts des lampes et où le personnel leur faisait comprendre qu'ils gênaient, il était difficile de reprendre l'entretien là où ils l'avaient laissé.

— Voulez-vous que nous allions ailleurs?

— Où? Dans un bar, nous risquons de rencontrer Théo, que je préférerais éviter.

— Vous l'aimez encore?

— Non. Je ne sais pas.

— Vous lui en voulez?

— Je ne sais pas. Venez. Nous pourrons toujours marcher.

Dehors, ils trouvèrent la nuit sombre, avec du brouillard qui mettait un large halo autour des rares lampes électriques. On entendait beaucoup plus que pendant la journée le bruit régulier de la mer, qui devenait un vacarme.

— Me permettez-vous de continuer mes questions?

Elle avait des talons très hauts, et il évitait pour elle les rues sans trottoirs, surtout celles aux gros pavés inégaux où elle se tordait les chevilles.

— C'est pour cela que je suis ici. Il faudra bien que vous me les posiez un jour ou l'autre, n'est-ce pas? J'aimerais rentrer demain à Paris l'esprit tranquille.

C'était rarement arrivé à Maigret, depuis son adolescence, d'errer ainsi, le soir, dans les rues sombres et froides d'une petite ville en compagnie d'une jolie femme, et il éprouvait presque un sentiment de culpabilité. Les passants étaient rares. On entendait leurs pas longtemps avant de distinguer leur silhouette, et la plupart se retournaient sur ce couple attardé, peut-être aussi les observait-on derrière les rideaux des fenêtres éclairées.

— C'était dimanche l'anniversaire de votre mère, si j'ai bien compris.

— Le 3 septembre, oui. Mon beau-père avait fait de ce jour-là quelque chose d'aussi important qu'une fête nationale et n'admettait pas que quelqu'un de la famille y manquât. Nous avons gardé l'habitude de nous réunir autour de ma mère. C'est devenu une tradition, vous comprenez?

— Sauf Théo, à ce que vous m'avez dit tout à l'heure.

— Sauf Théo, depuis la mort de son père.

— Vous avez apporté des cadeaux? puis-je savoir lesquels?

— Par une curieuse coïncidence, nous avons apporté presque le même cadeau, Mimi et moi : un col de dentelle. C'est difficile d'offrir quelque chose à ma mère, qui a eu tout ce qu'elle a pu désirer, les objets les plus chers et les plus rares. Lorsqu'on lui donne une babiole, elle éclate de rire, un rire qui fait mal, et remercie avec une effusion exagérée. Comme elle raffole des dentelles, nous y avons pensé l'une et l'autre.

— Pas de chocolats, de bonbons, de friandises?

— Je devine ce que vous pensez. Non. L'idée
ne viendrait à personne de lui offrir des chocolats
ou des sucreries, qu'elle a en horreur. Voyez-vous,
maman est une de ces femmes d'apparence fra-
gile et délicate qui préfèrent un hareng grillé ou
mariné, un bocal de cornichons ou un beau morceau de lard salé à toutes les friandises.

— Et vous?

— Non.

— Quelqu'un, dans la famille, a-t-il jamais
soupçonné ce qui s'est passé jadis entre votre
beau-père et vous?

— Franchement, je n'en suis pas sûre, mais je
jurerais que maman a toujours été au courant.

— Par qui l'aurait-elle été?

— Elle n'a besoin de personne. Excusez-moi
d'avoir encore l'air de médire, mais elle a toujours écouté aux portes. C'est une manie. Elle
m'a épiée avant d'épier Ferdinand. Elle épiait
tout ce qui vivait dans la maison, dans *sa* maison, y compris le maître d'hôtel, le chauffeur
et les bonnes.

— Pourquoi?

— Pour savoir. Parce que c'était *chez elle*.

— Et vous croyez qu'elle a su aussi, pour
Théo?

— J'en suis à peu près sûre.

— Elle ne vous en a jamais rien dit, n'y a
fait aucune allusion? Vous n'aviez pas vingt ans,
n'est-ce pas? Elle aurait pu vous mettre en
garde.

— Pour quelle raison?

— Lorsque vous avez annoncé votre intention
d'épouser Julien Sudre, n'a-t-elle pas essayé de
vous en détourner? En somme, à cette époque-là

cela pouvait passer pour une mésalliance. Ferdinand Besson était à son apogée. Vous viviez dans le luxe et vous épousiez un dentiste sans fortune et sans avenir.

— Maman n'a rien dit.

— Et votre beau-père?

— Il n'a pas osé. Il était gêné vis-à-vis. de moi. Je crois qu'il avait des remords. Au fond, je pense que c'était un fort honnête homme et même un homme scrupuleux. Il a dû être persuadé que j'agissais ainsi à cause de lui. Il a voulu me donner une dot importante, que Julien a refusée.

— Sur votre conseil?

— Oui.

— Votre mère n'a jamais rien soupçonné?

— Non.

Ils se trouvaient maintenant dans un sentier qui gravissait la falaise d'amont; ils voyaient à intervalles réguliers le phare d'Antifer fouillant le ciel, et ils entendaient quelque part de son lugubre de la sirène de brume. Une forte odeur de varech montait jusqu'à eux. Malgré ses talons hauts et ses vêtements de Parisienne, Arlette ne manifestait pas de fatigue, ne se plaignait pas du froid.

— Je passe à une autre question, plus personnelle.

— Je prévois à peu près toutes les questions que vous me posez.

— Quand avez-vous su que vous ne pouviez pas avoir d'enfants? Avant de vous marier?

— Oui.

— Comment?

— Vous avez oublié ce que je vous ai avoué tout à l'heure?

— Je n'ai pas oublié, mais...

— Non, je n'ai pas pris de précautions d'aucune sorte et je n'ai pas permis aux hommes d'en prendre.

— Pourquoi?

— Je ne sais pas. Peut-être par une sorte de propreté.

Il lui sembla qu'elle avait rougi dans l'obscurité, et il y avait eu quelque chose de différent dans le son de sa voix.

— Comment avez-vous su de façon certaine?

— Par un jeune médecin, un interne de Lariboisière.

— Qui était votre amant?

— Comme les autres. Il m'a examinée et m'a fait examiner par des camarades.

Il hésita, gêné par la question qui lui venait aux lèvres. Elle le sentit.

— Dites ! au point où j'en suis...

— Cette réunion avec ses amis, se passait-elle sur un plan strictement médical, ou bien...

— *Ou bien,* oui !

— Je comprends, maintenant.

— Que j'aie éprouvé le besoin d'arrêter tout ça, n'est-ce pas?

Elle parlait toujours avec le même sang-froid, d'une voix égale, comme s'il n'avait pas été question d'elle, mais d'un cas pathologique.

— Posez l'autre question?

— Mon Dieu, oui. Au cours de ces... de ces expériences amoureuses, ou plus tard, avec votre mari ou avec d'autres, avez-vous déjà éprouvé la...

— ... jouissance normale. C'est ce que vous vouliez dire?

— J'allais employer le mot satisfaction.

— Ni l'un ni l'autre. Voyez-vous, vous n'êtes pas le premier à me demander ça. S'il m'arrive de suivre un passant dans la rue, il m'arrive aussi de coucher avec des gens intelligents et même des gens, des hommes supérieurs...

— Hervé Peyrot en est un?

— C'est un imbécile et un fat.

— Quelle serait votre réaction si votre mère, tout à coup, vous disait qu'elle est au courant de cette partie de votre vie?

— Je lui répondrais de se mêler de ses affaires.

— Supposez que, croyant que c'est son devoir, espérant vous sauver, elle vous annonce qu'elle va en parler à votre mari?

Un silence. Elle s'était arrêtée de marcher.

— C'est là que vous vouliez en venir? dit-elle avec un reproche dans la voix.

— J'y suis venu sans le vouloir.

— Je ne sais pas. Je vous ai dit que pour rien au monde je ne voudrais que Julien sache.

— Pourquoi?

— Vous n'avez pas compris?

— Parce que vous craignez de lui faire de la peine?

— Il y a cela. Julien est heureux. C'est un des hommes les plus heureux que je connaisse. On n'a pas le droit de lui voler son bonheur. Puis...

— Puis?...

— C'est probablement le seul homme qui me respecte, qui me traite autrement que... que ce que vous savez.

— Et vous avez besoin de cela?

— Peut-être.

— De sorte que si votre mère...

— Si elle me menaçait de me salir à ses yeux, je ferais n'importe quoi pour l'en empêcher.

— Y compris la tuer?

— Oui.

Elle ajouta :

— Je puis vous affirmer que le cas ne s'est pas encore présenté.

— Pourquoi dites-vous *pas encore?*

— Parce que, maintenant, non seulement elle sait, mais elle tient une preuve. Elle m'a parlé de Hervé cet après-midi.

— Que vous a-t-elle dit?

— Vous seriez sans doute fort étonné si je vous répétais les paroles qu'elle a prononcées. Voyez-vous, avec ses airs de petite marquise, maman est restée très peuple, très fille de pêcheur, et, dans l'intimité, elle se montre volontiers mal embouchée. Elle m'a dit que j'aurais pu me contenter d'aller faire la grue ailleurs que sous son toit, en ajoutant, pour désigner ce qui s'est passé entre Hervé et moi, les mots les plus orduriers. Elle a parlé de Julien dans des termes aussi brutaux, employant pour lui un nom de poisson, car elle est persuadée qu'il est au courant et en profite...

— Vous l'avez défendu?

— J'ai ordonné à ma mère de se taire.

— Comment?

— En la regardant dans les yeux et en lui disant que je *voulais* qu'elle se taise. Comme elle continuait, je l'ai giflée, et elle en a été si stupéfaite qu'elle s'est calmée subitement.

— Elle vous attend ?

— Elle ne se couchera sûrement pas avant mon retour.

— Vous tenez vraiment à aller dormir chez elle ?

— Vous connaissez la situation, et vous devez admettre qu'il m'est difficile de faire autrement. Il faut que je sois sûre, avant de partir, qu'elle ne dira rien à Julien, qu'elle ne fera rien qui puisse l'inquiéter.

Après un silence, devinant peut-être l'anxiété de Maigret, elle eut un petit rire sec.

— Ne craignez rien. Il n'y aura pas de drame !

Ils étaient arrivés tout en haut de la falaise, et une masse laiteuse de brouillard s'interposait entre eux et la mer, dont on entendait le martèlement sur les rochers.

— Nous pouvons prendre à droite pour redescendre. Le chemin est meilleur et nous mène presque en face de *La Bicoque*. Vous êtes sûr que vous n'avez plus de question à me poser ?

La lune devait s'être levée au-delà de la brume qui, maintenant, était faiblement lumineuse, et, quand Arlette s'arrêta, il vit la tache claire de son visage, avec le large trait saignant de la bouche.

— Pas pour le moment, répondit-il.

Alors, toujours immobile devant lui, elle ajouta d'une voix différente, qui faisait mal à entendre :

— Et... vous ne voulez pas en profiter, comme les autres ?

Il faillit faire le geste qu'elle avait eu le jour même pour sa mère, la gifler comme une petite fille perverse. Il se contenta de lui saisir le bras

entre deux doigts durs, et il la força à s'engager
dans la descente.

— Remarquez que, ce que j'en disais, c'était
pour vous.

— Taisez-vous !

— Avoué que vous êtes tenté.

Il serra son bras davantage, méchamment.

— Vous êtes sûr que vous n'aurez pas de re-
grets ?

Sa voix avait monté d'un ton, s'était faite
cruelle, sacarstique.

— Réfléchissez bien, commissaire !

Il la lâcha brusquement, bourra sa pipe en con-
tinuant son chemin sans plus se préoccuper d'elle. Il entendit qu'elle s'arrêtait de nouveau, puis
se remettait en route lentement et marchait enfin
à pas précipités, pour le rejoindre.

Le visage de Maigret, à ce moment, était éclairé par la lueur de l'allumette qu'il tenait au-
dessus du fourneau de sa pipe.

— Je vous demande pardon. Je viens de me
conduire comme une idiote.

— Oui.

— Vous m'en voulez beaucoup ?

— Ne parlons plus de cet incident.

— Vous croyez vraiment que j'ai voulu ?

— Non.

— Ce que j'ai voulu, après avoir été forcée de
m'humilier comme je l'ai fait, c'est de vous faire
mal à mon tour, vous humilier.

— Je sais.

— Cela m'aurait vengée, de vous voir couché
sur moi comme une bête.

— Venez.

— Avouez que vous croyez que j'ai essayé de tuer ma mère?

— Pas encore.

— Vous voulez dire que vous n'en êtes pas sûr?

— Je veux dire, tout simplement, ce que les mots signifient, c'est-à-dire que je ne sais rien.

— Lorsque vous me croirez coupable, vous me le direz?

— C'est probable.

— Vous me le direz seul à seule?

— Je vous le promets.

— Mais je ne suis pas coupable.

— Je le souhaite.

Il en avait assez, maintenant, de cette conversation trop tendue. L'insistance d'Arlette l'agaçait. Il lui semblait qu'elle apportait trop de complaisance à s'analyser et à se salir.

— Maman n'est pas couchée.

— Comment le savez-vous?

— La petite lumière que vous voyez est celle du salon.

— A quelle heure est votre train, demain?

— J'aurais aimé prendre celui de huit heures du matin. A moins que vous me reteniez ici. Dans ce cas, je téléphonerai à Julien que maman a besoin de moi.

— Il sait que vous détestez votre mère?

— Je ne la déteste pas. Je ne l'aime pas, un point, c'est tout. Je pourrai prendre le train de huit heures?

— Oui.

— Je ne vous reverrai pas avant mon départ?

— Je n'en sais encore rien.

— Peut-être voudrez-vous vous assurer, avant mon départ, que maman est bien vivante?

— Peut-être.

Ils venaient de dévaler une pente plus raide, une sorte de talus, et ils se trouvaient sur la route, à cinquante mètres de la barrière de *La Bicoque.*

— Vous n'entrez pas ?

— Non.

On ne pouvait voir les fenêtres, dont on ne faisait que deviner la lumière à travers l'épais rideau d'arbustes.

— Bonsoir, monsieur Maigret !

— Bonsoir !

Elle hésitait à s'en aller.

— Vous m'en voulez toujours ?

— Je ne sais pas. Allez dormir !

Et, enfonçant les mains dans ses poches, il s'éloigna à grands pas dans la direction de la ville.

Des pensées confuses roulaient dans sa tête et, maintenant qu'il l'avait quittée, cent questions lui venaient, qu'il n'avait pas eu l'idée de lui poser. Il se reprochait de lui avoir permis de s'en aller le lendemain matin et fut sur le point de revenir sur ses pas pour lui donner l'ordre de rester.

N'avait-il pas eu tort aussi de laisser les deux femmes ensemble pendant la nuit ? La scène de l'après-midi n'allait-elle pas se reproduire avec une acuité nouvelle, une violence plus dangereuse ?

Il se réjouissait de revoir Valentine, de lui parler, d'être à nouveau assis dans son salon minuscule au milieu des bibelots innocents.

A neuf heures, il rencontrerait ce bruyant Charles Besson, qui allait lui casser les oreilles.

La ville était comme morte, et le casino, faute

de clients, avait déjà éteint ses lumières. A un coin de la rue, il n'y avait qu'un bar éclairé, un bistrot plutôt, qui devait rester ouvert l'hiver pour les gens du pays.

Maigret marqua un temps d'arrêt sur le trottoir, parce qu'il avait soif. Dans la lumière jaunâtre qui régnait à l'intérieur, il aperçut la silhouette qui lui devenait familière de Théo Besson, toujours aussi anglais d'aspect dans un complet de tweed.

Il tenait un verre à la main, parlait à quelqu'un debout à côté de lui, un homme assez jeune, en costume noir, comme les paysans en portent le dimanche, avec une chemise blanche et une cravate sombre, un garçon au teint violemment coloré, à la nuque tannée.

Maigret tourna le bec-de-cane, s'approcha du comptoir sans les regarder et commanda un demi.

Maintenant, il les voyait tous les deux dans le miroir qui se trouvait derrière les bouteilles, et il crut surprendre un regard de Théo qui ordonnait à son interlocuteur de se taire.

De sorte que le silence pesa dans le bar où, le patron compris, ils n'étaient que quatre, plus un chat noir couché en rond sur une chaise devant le poêle.

— Nous avons encore du brouillard, finit par dire le tenancier. C'est la saison qui veut ça. Les journées n'en sont pas moins ensoleillées.

Le jeune homme se retourna pour dévisager Maigret qui vidait sa pipe en la frappant contre son talon et qui écrasait les cendres chaudes dans la sciure. Il y avait une expression arrogante dans son regard, et il faisait penser à ces coqs de village qui, ayant quelques verres dans le nez un soir de noce ou d'enterrement, cherchent à provoquer une bagarre.

— Ce n'est pas vous qui êtes venu de Paris, ce matin? questionna le patron, pour parler.

Maigret se contenta de faire signe que oui, et le jeune faraud le regarda plus fixement encore.

Cela dura quelques minutes, pendant lesquelles Théo Besson, lui, se contenta de considérer mollement les bouteilles devant lui. Il avait le teint, les yeux, surtout les poches sous les yeux, de ceux qui boivent beaucoup, régulièrement, dès leur réveil. Il en avait aussi l'expression indifférente et la démarche un peu molle.

— La même chose! commanda-t-il.

Le patron regarda le jeune homme, qui fit un signe d'acquiescement. Ils étaient donc ensemble.

Théo but un verre d'un trait. L'autre l'imita et, quand l'aîné des Besson eut jeté quelques billets sur le comptoir, ils sortirent tous deux, non sans que le jeune homme se fût retourné deux fois sur le commissaire.

— Qui est-ce?

— Vous ne le connaissez pas? C'est M. Théo, le beau-fils de Valentine.

— Et le jeune?

— Un des frères de la Rose, qui est morte, la pauvre fille, en prenant le poison destiné à sa patronne.

— Le frère aîné?

— Henri, oui, qui fait le hareng à Fécamp.

— Ils sont entrés ici ensemble?

— Je crois, oui. Attendez. A ce moment, il y avait plusieurs personnes au bar. En tout cas, s'ils ne sont pas entrés ensemble, ils se sont suivis de près.

— Vous ne savez pas de quoi ils ont parlé?

— Non. D'abord, il y avait du bruit, plusieurs conversations à la fois. Puis je suis descendu pour mettre un tonneau en perce.

— Vous les aviez déjà vus ensemble auparavant?

— Je ne pense pas. Je n'en suis pas sûr. Mais, ce que j'ai vu, c'est M. Théo avec la demoiselle.

— Quelle demoiselle?

— La Rose.

— Vous les avez vus dans la rue?

— Je les ai vus ici, à mon bar, au moins deux fois.

— Il lui faisait la cour?

— Cela dépend de ce que vous appelez faire la cour. Ils ne se sont pas embrassés et il n'avait pas les mains sur elle, si c'est ce que vous voulez dire. Mais ils bavardaient gentiment, ils riaient et j'ai bien compris qu'il s'arrangeait pour la faire boire. Ce n'était pas difficile, avec la Rose, qui éclatait de rire après un verre de vin et qui était paf après le second.

— Il y a combien de temps de cela?

— Attendez. La dernière fois, c'était il y a environ une semaine. Tenez! c'était mercredi, car c'est le jour où ma femme est allée au Havre, et elle y va tous les mercredis.

— Et la première fois?

— Peut-être une semaine ou deux avant.

— M. Théo est un bon client?

— Ce n'est pas mon client en particulier. Il est le client de tous ceux qui servent à boire. Il n'a rien à faire de toute la journée, et il se promène.

Seulement il ne peut pas voir un café ou un bar ouvert sans y entrer pour un moment. Il n'est jamais bruyant. Il ne s'en prend à personne. Quelquefois, le soir, il a un cheveu sur la langue et il y a des mots qu'il a de la peine à prononcer, mais c'est tout.

Le patron eut l'air, soudain, de regretter d'en avoir trop dit.

— J'espère que vous ne le soupçonnez pas d'avoir voulu empoisonner sa belle-mère? S'il y en a un auquel je me fierais, c'est celui-là. D'ailleurs, les gens qui boivent comme il le fait ne sont jamais dangereux. Les pires, ce sont ceux qui s'enivrent une fois à l'occasion et qui ne savent plus ce qu'ils font.

— Vous avez souvent vu le frère de la Rose?

— Rarement. Ceux d'Yport ne viennent pas volontiers à Etretat. Ce sont des gens à part. Ils se rendent plus facilement à Fécamp, qui est tout près, et davantage dans leur genre. Un petit calvados, pour faire passer la bière? C'est ma tournée.

— Non. Un autre demi.

La bière n'était pas bonne, et Maigret la garda sur l'estomac une partie de la nuit, eut des réveils brusques, des rêves pénibles, dont il ne se souvint même pas, mais qui lui laissèrent une impression d'accablement. Quant il se leva enfin, la corne de brume lançait toujours ses appels rauques du côté de la mer, et la marée devait être haute, car l'hôtel frémissait à chaque coup de bélier des vagues.

5

LES OPINIONS D'UN BRAVE HOMME

IL N'Y AVAIT DÉJÀ
presque plus de brouillard entre la terre et le
soleil, mais la mer, très calme, à peine soulevée
par une respiration lente, continuait à fumer, et
des arcs-en-ciel brillaient dans ce nuage ténu.

Quant aux maisons de la ville, elles commençaient à se dorer au soleil nouveau, et l'air était
frais, d'une fraîcheur savoureuse qu'on respirait
par tous les pores. Les étalages de légumiers sentaient bon, des bouteilles de lait attendaient encore sur les seuils et, dans les boulangeries, c'é-
tait l'heure chaude et croustillante.

Cette fois encore, cela ressemblait à un souvenir
d'enfance, à une image du monde tel qu'on voudrait qu'il soit, tel qu'on se figure volontiers
qu'il est. Etretat apparaissait, candide, innocent,
avec ses maisons trop petites, trop jolies, trop
fraîchement peintes pour un drame, et les falaises émergeaient de la brume exactement comme
sur les cartes postales exposées à la porte du bazar;

le boucher, le boulanger, la marchande de lé-
gumes auraient pu devenir les personnages d'un
conte pour enfants.

Etait-ce une particularité de Maigret ? Ou bien
d'autres, qui avaient les mêmes nostalgies, évi-
taient-ils de l'avouer ? Il aurait tant voulu que le
monde soit comme on le découvre quand on est
petit. Dans son esprit, il disait: « Comme sur
les images. »

Et pas seulement les décors extérieurs, mais les
gens, le père, la mère, les enfants sages, les bons
grands-parents à cheveux blancs...

Pendant tout un temps, par exemple, quand il
débutait dans la police, Le Vésinet avait repré-
senté à ses yeux l'endroit le plus harmonieux du
monde. Ce n'était qu'à deux pas de Paris, mais,
avant 1914, les autos étaient rares. Les gros bourgeois avaient encore leur maison de campagne au
Vésinet, des maisons en briques, larges et confor-
tables, aux jardins bien entretenus, garnis de jets
d'eau, d'escarpolettes et de grosses boules argen-
tées. Les valets de chambre portaient des gilets
rayés de jaune et les bonnes des bonnets blancs
et des tabliers ornés de dentelle.

Il semblait que ne pouvaient habiter là que des
familles heureuses et vertueuses, pour qui tout
était paix et joie, et il avait été secrètement déçu
quand une affaire malpropre avait éclaté dans
une de ces villas aux allées ratissées, — le meurtre sordide d'une belle-mère, pour des questions
d'intérêt.

Maintenant, bien sûr, il savait. Il passait sa vie,
en quelque sorte, à voir l'envers du décor, mais il
gardait le regret enfantin d'un monde « comme sur
les images ».

La petite gare était jolie, peinte à l'aquarelle par un bon élève, avec un petit nuage encore rose presque au-dessus de sa cheminée. Il retrouvait le train-jouet, l'homme qui poinçonnait les billets — gamin, il avait rêvé de poinçonner un jour les billets de chemin de fer — et il voyait arriver Arlette aussi fine, aussi élégante que la veille dans sa robe de Parisienne, portant à la main un sac de voyage en crocodile.

Tout à l'heure, il avait failli aller à sa rencontre sur le chemin poudreux qui devait sentir bon les haies et les herbes folles, mais il avait eu peur de paraître courir à un rendez-vous. En descendant ce chemin à petits pas, perchée sur ses hauts talons, elle devait faire très « jeune dame du château ».

Pourquoi la réalité est-elle toujours si différente ? Ou alors pourquoi met-on dans la tête des enfants l'illusion d'un monde qui n'existe pas, que toute leur vie ils tenteront de confronter avec cette réalité ?

Elle le vit tout de suite, qui l'attendait sur le quai, près du kiosque à journaux, et elle lui sourit en tendant son billet à l'employé, d'un sourire un peu las. Elle paraissait fatiguée. On lisait une certaine anxiété dans son regard.

— Je pensais bien que vous seriez là, dit-elle.

— Comment cela s'est-il passé ?

— Cela a été plutôt pénible.

Elle cherchait un compartiment des yeux, car les wagons étaient sans couloir. Il n'y avait qu'un seul compartiment de première classe où elle n'eût pas de compagnon.

— Votre mère ?

— Elle est vivante. En tout cas, elle vivait quand je suis partie.

Ils n'avaient que quelques instants avant le départ du train et, sa mallette posée sur la banquette, elle se tenait debout à côté du marche-pied.

— Vous avez encore eu une discussion ?

— Nous ne nous sommes pas couchées avant le milieu de la nuit. Il faut que je vous dise quelque chose, monsieur Maigret. Ce n'est qu'une impression, mais cela me tracasse. Rose est morte, mais j'ai l'intuition que ce n'est pas fini, qu'un autre drame se prépare.

— A cause de ce que votre mère vous a dit ?

— Non. Je ne sais pas à cause de quoi.

— Vous croyez qu'elle est toujours menacée ?

Elle ne répondit pas. Ses yeux clairs regardaient vers le kiosque.

— L'inspecteur est là, qui vous attend, remarqua-t-elle, comme si le charme était rompu.

Et elle monta dans son compartiment, cependant que le chef de gare portait son sifflet à ses lèvres et que la locomotive commençait à cracher de la vapeur.

Castaing était là, en effet. Il était arrivé plus tôt qu'il l'avait annoncé la veille et, ne trouvant pas Maigret à l'hôtel, avait pensé à le chercher à la gare. C'était un peu gênant. Pourquoi, au fait, était-ce gênant ?

Le train partait, tout doucement, s'arrêtait dans une grande secousse après quelques mètres, cependant que le commissaire serrait la main de l'inspecteur.

— Du nouveau ?

— Rien de spécial, répondit Castaing. Mais

j'étais inquiet, sans raison précise. J'ai rêvé des deux femmes, la mère et la fille, seules dans la petite maison.

— Laquelle tuait l'autre ?

Ce fut au tour de Castaing d'être confus.

— Comment savez-vous ? Dans mon rêve, c'était la mère qui tuait la fille. Et devinez avec quoi. Avec une bûche prise dans l'âtre !

— Charles Besson doit arriver à neuf heures. Sa belle-mère est morte. Lucas ne vous a pas encore téléphoné de renseignements ?

— Assez peu, mais il rappellera le bureau quand il en aura davantage, et j'ai laissé des instructions pour qu'on nous touche à votre hôtel.

— Rien sur Théo ?

— Il a eu plusieurs fois des ennuis pour des chèques sans provision. Il a toujours fini par payer avant de comparaître. La plupart de ses amis sont riches. Ce sont des gens qui font la noce et aiment avoir du monde avec eux. De temps en temps, il accroche une petite affaire, sert surtout d'intermédiaire dans quelques transactions.

— Pas de femmes ?

— Il ne paraît pas très porté sur les femmes. Il a parfois une amie, jamais pour longtemps.

— C'est tout ?

Un petit bar sentait si bon le café et le « fil-en-six » qu'ils ne résistèrent ni l'un ni l'autre, entrèrent et s'accoudèrent devant de grosses tasses qui fleuraient l'alcool.

— Ce n'est pas tant mon rêve qui m'a inquiété, continua l'inspecteur à mi-voix, qu'un raisonnement que je me suis tenu avant de m'endormir. Je l'ai même tenu à ma femme, car je pense mieux tout haut que tout bas, et elle a été de mon avis.

Il y a cinq ans maintenant que le vieux Besson, Ferdinand, est mort, n'est-ce pas?

— A peu près.

— Et depuis, à ce que nous sachions, la situation n'a pas changé. Or c'est seulement dimanche dernier que quelqu'un a essayé d'empoisonner Valentine. Remarquez qu'on a choisi le seul jour où il y a assez de gens dans la maison pour disperser les soupçons.

— Cela se tient. Ensuite?

— Ce n'est pas Valentine qui est morte, mais la pauvre Rose. Donc, si on avait une raison de supprimer Valentine, cette raison existe encore. Donc, tant que nous ne connaîtrons pas cette raison...

— La menace est toujours présente, c'est ce que vous voulez dire?

— Oui. Peut-être cette menace est-elle plus grave que jamais, justement à cause de votre présence. Valentine n'a pas de fortune. Ce n'est donc pas pour l'argent qu'on a tenté de la tuer. N'est-ce pas parce qu'elle sait quelque chose qu'on veut l'empêcher de révéler? Dans ce cas...

Maigret écoutait ce raisonnement sans avoir l'air trop emballé. Il regardait dehors cette lumière si savoureuse du matin, surtout quand l'humidité de la nuit met encore comme un frémissement dans les rayons de soleil.

— Lucas n'a pas parlé de Julien?

— Les Sudre vivent en très petits bourgeois, dans une maison de rapport à loyers modérés. Appartement de cinq pièces. Ils ont une bonne, une voiture et passent leurs week-ends à la campagne.

— Je le savais.

4

— Hervé Peyrot, le marchand de vins, est riche. Il a une grosse affaire quai de Bercy et perd le plus clair de son temps avec les femmes, tous les genres de femmes; il possède trois autos, dont une Bugatti.

« Plage de famille », avait-il lu quelque part sur un prospectus. Et c'était vrai. Des mamans avec des enfants, des maris qui venaient les rejoindre le samedi soir; de vieux messieurs et de vieilles dames qui avaient leur bouteille d'eau minérale et leur boîte de pilules sur leur table à l'hôtel et qui se retrouvaient dans les mêmes fauteuils du casino ; la pâtisserie des demoiselles Seuret, où on allait manger des gâteaux et des glaces; les vieux pêcheurs, toujours les mêmes, qu'on photographiait, à côté des bateaux tirés sur les galets...

Ferdinand Besson, lui aussi, avait été un vieux monsieur à l'air respectable, et Valentine était la plus adorable des vieilles dames; Arlette, ce matin, aurait pu servir de modèle pour une carte postale, son mari était un brave petit dentiste, et Théo était le type même du gentleman à qui on pardonne de boire un peu trop parce qu'il est toujours si calme et si distingué.

Charles Besson arrivait à son tour, qui avait une femme, quatre enfants, dont un bébé de quelques mois, et qui, en attendant que ses vêtements de deuil fussent prêts, venait de coudre un crêpe à sa manche, parce que sa belle-mère était morte.

Il était député, tutoyait déjà le ministre. Lors de sa campagne électorale, il devait serrer familièrement les mains, embrasser les marmots, trinquer avec les pêcheurs et les paysans.

Lui aussi était ce qu'on appelle un bel homme

— ce que la mère de Maigret, par exemple, aurait appelé un bel homme — grand et large d'épaules, un peu gras, bedonnant, les yeux presque naïfs et la lèvre charnue sous les moustaches.

— Je ne vous ai pas fait attendre, commissaire? Bonjour, Castaing. Content de vous rencontrer à nouveau.

Sa voiture avait été récemment repeinte à neuf.

— Pas de mauvaises nouvelles?

— Rien.

— Ma belle-mère?

— Semble aller très bien. Arlette vient de partir.

— Ah! elle était revenue? C'est gentil de sa part. J'ai bien pensé qu'elle viendrait consoler sa mère.

— Vous permettez un instant, monsieur Besson?

Et Maigret prit Castaing à part, l'envoya à Yport, éventuellement à Fécamp.

— Excusez-moi. J'avais des instructions à lui donner. Je vous avoue que je ne sais pas trop où vous recevoir. A cette heure, ma chambre ne doit pas être faite.

— Je boirais volontiers quelque chose. Après quoi, si le grand air ne vous effraie pas, nous pourrions nous asseoir sur la terrasse du casino. J'espère que vous ne m'en voulez pas trop de n'avoir pas été ici pour vous accueillir? Ma femme est terriblement affectée. Sa sœur vient d'arriver de Marseille, où elle est la femme d'un armateur. Elles ne sont plus que deux. Les Montet n'ont pas eu de garçon, et c'est sur moi que les complications vont retomber.

— Vous vous attendez à des complications?

— Je n'ai pas de mal à dire de ma belle-mère Montet. C'était une femme méritante mais, surtout sur le tard, elle avait ses manies. Vous a-t-on dit que son mari était entrepreneur de constructions? Il a bâti la moitié des maisons de Dieppe et de nombreux bâtiments publics. Le plus clair de la fortune qu'il a laissée est en immeubles. Ma belle-mère les gérait personnellement depuis la mort de son mari. Or elle n'a jamais accepté de faire des réparations. D'où un nombre incalculable de procès avec les locataires, avec la municipalité et même avec le fisc.

— Une question, monsieur Besson. Votre belle-mère Montet et Valentine se voyaient-elles?

Maigret buvait à nouveau un café arrosé, en observant son interlocuteur qui, de près, paraissait plus mou, plus inconsistant.

— Malheureusement non. Elles n'ont jamais accepté de se rencontrer.

— Ni l'une ni l'autre?

— C'est-à-dire que c'est la mère de ma femme qui refusait de voir Valentine. C'est une histoire ridicule. Quand je lui ai présenté Mimi, Valentine a regardé ses mains avec attention et a dit quelque chose comme:

» — Sans doute n'avez-vous pas les mains de votre père?

» — Pourquoi?

» — Parce que j'imagine que des mains de maçon, cela doit être plus grand et plus large que ça.

» C'est idiot, vous voyez! Mon beau-père a débuté comme maçon, en effet, mais l'a été très peu de temps. Il n'en était pas moins resté assez mal embouché. Je crois qu'il le faisait exprès, car il était très riche; il était devenu un personnage important à Dieppe et dans toute la région, et cela l'amusait de choquer les gens par sa tenue et par son langage.

» Quand ma belle-mère a appris cela, elle s'est piquée au jeu.

» — Cela vaut mieux que d'être la fille d'un pêcheur qui est mort de s'être enivré dans tous les bistrots !

» Puis elle a parlé du temps où Valentine était vendeuse à la pâtisserie Seuret.

— En l'accusant de n'avoir pas eu une conduite exemplaire?

— Oui. Elle a souligné la différence d'âge entre elle et son mari. Bref, elles ont toujours refusé de se voir. »

Il ajouta en haussant les épaules:

— Il y a des histoires de ce genre dans toutes les familles, n'est-ce pas? N'empêche que chacune dans son genre est une brave femme.

— Vous aimez beaucoup Valentine?

— Beaucoup. Elle a toujours été très gentille avec moi.

— Et votre femme?

— Mimi l'apprécie moins, naturellement.

— Elles se disputent?

— Elles se voient peu, une fois par an en moyenne. Avant de venir, je recommande toujours à Mimi d'être patiente, en lui faisant remarquer que Valentine est une vieille personne. Elle promet, mais il y a toujours des propos aigres-doux.

— Dimanche dernier aussi?

— Je ne sais pas. Je suis allé me promener avec les enfants.

A propos d'enfants, qu'est-ce que ceux-là pen-

saient de leur père? Probablement, comme la plupart des enfants, que c'était un homme fort, intelligent, capable de les protéger et de les guider
dans l'existence. Ils ne voyaient pas, eux, que c'é-
tait un mou, mal ajusté à la réalité.

Mimi devait dire:

— Il est si bon !

Parce qu'il aimait tout le monde, contemplait
le déroulement de la vie avec de gros yeux naïfs
et gourmands. Il aurait voulu, en effet, être
fort, être intelligent, être le meilleur des hommes !

Et il avait ses idées, il était plein d'idées. S'il
ne les réalisait pas toutes, et si, quand il les avait
réalisées, cela avait généralement abouti à des
fiascos, c'était que les événements étaient contre
lui.

Mais n'était-il pas parvenu à se faire nommer
député? Maintenant, on allait reconnaître sa valeur. Le pays tout entier entendrait parler de
lui, en ferait un ministre, un grand homme d'Etat.

— Quand vous étiez jeune, il ne vous est jamais
arrivé d'être amoureux de Valentine? Elle n'avait
guère que dix ans de plus que vous.

Il prenait un air offensé, indigné.

— Jamais de la vie !

— Et après, vous n'avez pas été amoureux
d'Arlette?

— J'ai toujours pensé à elle comme à une sœur.

Celui-là voyait encore l'univers et les hommes
comme sur une image. Il tirait un cigare de sa
poche, étonné que Maigret n'en fumât pas un
aussi, l'allumait avec soin, méticuleusement, et
aspirait lentement la fumée, qu'il regardait ensuite monter dans l'air doré.

— Vous voulez que nous allions nous asseoir

sur la terrasse? Il y a de bons fauteuils, face à la
plage. Nous verrons la mer.

Il vivait toute l'année près de la mer, mais
éprouvait toujours le même plaisir à la regarder,
d'un fauteuil confortable, bien vêtu, bien rasé,
avec toutes les apparences d'un homme important
et prospère.

— Et votre frère Théo?

— Vous me demandez s'il a été amoureux de
Valentine?

— Oui.

— Certainement pas. Je n'ai jamais rien remarqué de ce genre.

— Et d'Arlette?

— Encore moins. J'étais encore un gamin que
Théo avait déjà des aventures, surtout avec ce
que j'appelle des « petites femmes ».

— Arlette n'en était pas amoureuse non plus?

— Peut-être a-t-elle « flambé », comme dit ma
femme en parlant des amourettes de petites filles.
Vous savez comment ça va. C'est sans conséquen-
ce. La preuve, c'est qu'elle n'a pas tardé à se
marier.

— Vous n'en avez pas été surpris?

— De quoi?

— De son mariage avec Julien Sudre.

— Non. Peut-être un tout petit peu, parce
qu'il n'était pas riche et que nous nous imagi-
nions qu'Arlette ne pouvait pas vivre sans luxe.
Il y a eu un temps où elle était assez snob. Cela
lui a passé. Je crois qu'avec Julien cela a été le
grand amour. Il a été très chic. Mon père a
voulu donner une dot importante, car, à cette
époque-là, nous étions fort riches, et il l'a refusée.

— Elle aussi?

— Oui. De sorte que, du jour au lendemain, elle a dû s'habituer à une existence modeste. Nous avons été forcés de nous y faire aussi, mais plus tard.

— Votre femme et Arlette s'entendent bien?

— Je crois que oui. Encore qu'elles soient très différentes. Mimi a des enfants, toute une maison à tenir. Elle sort peu.

— Elle n'aimerait pas sortir? Elle n'a jamais souhaité que vous viviez à Paris?

— Elle a horreur de Paris.

— Elle ne regrette pas Dieppe non plus?

— Peut-être un peu. Malheureusement, maintenant que je suis député, nous ne pouvons pas aller y vivre. Mes électeurs ne comprendraient pas.

Les paroles de Charles Besson étaient en parfaite harmonie avec le décor, avec la mer d'un bleu de carte postale, avec les falaises qui commençaient à scintiller, avec les baigneurs qui venaient prendre leur place les uns après les autres comme pour une photographie.

En fin de compte, est-ce que tout cela existait ou n'était-ce qu'un faux semblant? Etait-ce ce gros garçon content de soi qui avait raison?

Est-ce que, oui ou non, la Rose était morte?

— Vous n'avez pas été surpris, dimanche, de trouver votre frère ici?

— Un peu, au premier abord. Je le croyais à Deauville, ou plutôt, comme nous voilà au début de septembre et que la chasse est ouverte, dans quelque château de Sologne. Théo, vous savez, est resté mondain. Quand il avait encore de la fortune, il menait la vie à grandes guides et traitait ses amis largement. Ceux-ci s'en souviennent et le reçoivent à leur tour.

Les choses changeaient tout de suite d'aspect ! Quelques mots, et ce n'était plus du même Théo qu'il s'agissait.

— Il a des ressources ?

— Des ressources financières ? Je ne sais pas. Très peu, s'il en a. Mais il n'a pas de frais. Il est célibataire.

Une petite pointe d'envie quand même, dans la voix du gros homme encombré de ses quatre gosses.

— Il est toujours très élégant, mais c'est parce qu'il garde ses vêtements longtemps. Il est fréquemment invité dans la haute société. Je pense qu'il fait, à l'occasion, de petites affaires. Vous savez que c'est un garçon très intelligent et que, s'il avait voulu...

Charles aussi, sans doute, s'il avait voulu...

— Il a tout de suite accepté de vous suivre chez Valentine ?

— Pas tout de suite.

— Il vous a dit pourquoi il était ici ?

— J'espère, commissaire, que vous ne soupçonnez pas Théo ?

— Je ne soupçonne personne, monsieur Besson. Nous causons, simplement. J'essaie de me faire une idée aussi exacte que possible de la famille.

— Eh bien ! si vous voulez mon opinion, Théo, encore qu'il s'en défende, est un sentimental. Il a eu la nostalgie d'Etretat, où nous avons passé nos vacances étant enfants. Savez-vous que nous y venions déjà du vivant de ma mère ?

— Je comprends.

— Je lui ai fait remarquer qu'il n'avait aucune

raison de rester brouillé avec Valentine et qu'elle ne lui en voulait pas non plus. Il a fini par me suivre.

— Comment s'est-il comporté?

— En homme du monde. Un peu gêné, au début. Quand il a vu nos cadeaux, il s'est excusé d'avoir les mains vides.

— Et avec Arlette?

— Quoi? Il n'y a jamais rien eu entre lui et Arlette.

— De sorte que, lorsque vous avez dîné, la famille était au complet.

— Sauf Sudre, qui n'a pas pu venir.

— J'oubliais. Et vous n'avez rien remarqué, aucun petit détail qui puisse laisser soupçonner un drame?

— Absolument rien. Or je suis assez observateur de nature.

Ballot, va! Mais quel bonheur, parfois, d'être un ballot!

— Il faut dire que Mimi et moi avons été fort occupés par les enfants. A la maison, ils sont relativement calmes. Si on a le malheur de les sortir, ils s'énervent. Vous avez vu que la maison de Valentine est toute petite. La salle à manger était si pleine qu'on ne pouvait pas se tourner sur sa chaise. Le bébé, lui, qui dort la plupart du temps, en a profité pour crier pendant près d'une heure, et cela nous résonnait dans les oreilles. Il a fallu coucher le gamin sur le lit de ma belle-mère, et on ne savait que faire des aînés.

— Vous connaissiez bien la Rose?

— Je l'ai vue chaque fois que je suis venu à *La Bicoque*. Elle avait l'air d'une brave fille, un peu renfermée, comme beaucoup de gens de par ici. Mais quand on les connaît...

— Vous l'avez donc vue en tout une demi-douzaine de fois?

— Un peu plus.

— Vous avez eu des conversations avec elle?

— Comme on en a avec une domestique, sur le temps, sur la cuisine. Elle était bonne cuisinière. Je me demande ce que Valentine, qui est gourmande, va faire à présent. Voyez-vous, commissaire, depuis que je vous écoute et que je réponds à vos questions, j'ai un peu peur que vous fassiez fausse route.

Maigret ne broncha pas, continua à tirer doucement sur sa pipe en regardant un navire minuscule qui gravitait insensiblement sur la courbe de l'horizon.

— C'est d'ailleurs parce que je le prévoyais, je veux dire parce que je prévoyais dans quel sens la police orienterait ses recherches que je me suis adressé au ministre et que je lui ai demandé la faveur de vous voir prendre l'enquête en main.

— Je vous en remercie.

— Pas du tout! C'est moi qui vous remercie d'être venu.

» Bien que j'aie toujours été un homme fort occupé, il m'est arrivé, comme à tout le monde, de lire des romans policiers.

» Inutile de vous demander si vous les prenez au sérieux. Dans les romans policiers, chacun a quelque chose à cacher, chacun a la conscience plus ou moins trouble, et on s'aperçoit que les gens les plus simples en apparence ont en réalité une existence compliquée.

» Maintenant que vous connaissez un peu la

famille, je veux croire que vous comprenez qu'aucun de nous n'avait de raison d'en vouloir à ma belle-mère, surtout de lui en vouloir assez pour envisager de sang-froid de la tuer.

» De l'arsenic a été retrouvé dans l'estomac de la Rose, et il me semble indiscutable, si j'ai bien compris ce qu'on m'a dit, qu'il était dans le verre de médicament destiné à Valentine.

» Je ne discute pas les conclusions des experts, qui doivent connaître leur métier, encore qu'on les ait vus souvent se tromper, et même ne pas être d'accord entre eux.

» Vous avez rencontré Arlette. Vous avez aperçu Théo. Vous me voyez. Quant à Mimi, sans le malheur qui vient de s'abattre sur elle, je vous l'aurais amenée, et vous vous seriez rendu compte qu'elle ne ferait de mal à personne.

» Nous étions tous heureux, dimanche. Et je prétends, même si on doit rire de moi, que seul un accident a pu occasionner la catastrophe.

» Est-ce que vous croyez aux fantômes? »

Il était enchanté de son apostrophe, qu'il lançait avec un sourire entendu, comme il aurait lancé, à la Chambre, une colle à son adversaire.

— Je n'y crois pas.

— Moi non plus. Cependant, chaque année, quelque part en France, on découvre une maison hantée et pendant plusieurs jours, parfois plusieurs semaines, la population est en émoi. J'ai vu, dans une localité de ma circonscription, une véritable mobilisation de gendarmes et de policiers, avec des spécialistes, qui ne trouvaient aucune explication à l'agitation qui s'emparait, chaque nuit, de certains meubles. Or, invariablement, tout cela s'explique un beau jour, le plus souvent d'une façon si simple que l'histoire finit par un éclat de rire.

— Rose est morte, n'est-ce pas?

— Je sais. Je ne vais pas jusqu'à prétendre qu'elle a pu s'empoisonner elle-même.

— Le docteur Jolly, qui l'a toujours soignée, affirme qu'elle était saine de corps et d'esprit. Rien, dans ses relations ni dans sa vie, ne permet de supposer qu'elle ait voulu se suicider. N'oubliez pas que le poison était dans le verre quand Valentine a voulu prendre son médicament, puisqu'elle l'a trouvé trop amer et ne l'a pas bu.

— D'accord. Je ne suggère rien. Je dis seulement ceci : aucune des personnes présentes n'avait intérêt à supprimer une vieille femme inoffensive.

— Savez-vous qu'il y avait, la nuit, un homme dans la maison?

Il rougit un peu, fit un geste comme pour chasser une mouche importune.

— On me l'a appris. J'ai eu de la peine à le croire. Mais, après tout, Arlette a trente-huit ans. Elle est remarquablement belle et est soumise à plus de tentations que d'autres. Peut-être est-ce moins grave que nous le pensons? J'espère, en tout cas, que Julien ne saura jamais.

— C'est probable.

— Voyez-vous, monsieur Maigret, soupçonner les personnes présentes, c'est ce que n'importe qui aurait fait. Mais vous, justement, d'après ce que je sais, vous irez au fond des choses; vous irez plus loin que les apparences, et je suis persuadé que, comme pour les fantômes, vous allez découvrir une vérité toute simple.

— Que Rose n'est pas morte, par exemple?

Charles Besson rit, pas trop sûr, pourtant, que c'était une plaisanterie.

— Et, d'abord, comment se procurer de l'arsenic? Sous quelle forme?

— N'oubliez pas que votre père était pharmacien, que Théo, à ce qu'on m'a dit, a fait ses études de chimie, que vous-même avez, à un certain moment, travaillé au laboratoire, que tout le monde, en somme, dans la famille, a quelques connaissances pharmaceutiques.

— Je n'y avais pas pensé, mais cela ne change rien à mon raisonnement.

— Evidemment.

— Cela n'indique pas non plus que quelqu'un n'est pas venu du dehors.

— Un vagabond, par exemple?

— Pourquoi pas?

— Quelqu'un qui aurait attendu de voir la maison pleine pour s'introduire au premier étage par une fenêtre et verser du poison dans un verre? Car c'est aussi un aspect important de la question. Le poison n'a pas été mis dans la bouteille de somnifère, où on n'en a pas trouvé trace, mais dans le verre.

— Vous voyez bien que c'est incohérent!

— La Rose est morte.

— Alors, qu'est-ce que vous en pensez? Dites-moi votre opinion, d'homme à homme. Je vous promets bien entendu de ne rien faire, de ne rien répéter qui puisse gêner votre enquête. Qui?

— Je ne sais pas.

— Pourquoi?

— Je l'ignore encore.

— Comment?

— Nous l'apprendrons quand j'aurai répondu aux deux premières questions.

— Vous avez des soupçons?

Il était mal à l'aise, maintenant, dans son fauteuil, mâchonnant son bout de cigare éteint qui devait lui mettre de l'amertume à la bouche. Peut-être, comme cela arrivait à Maigret, se raccrochait-il à ses illusions, à l'image qu'il s'était faite de la vie et qu'on était en train de lui abîmer. C'était presque pathétique de le voir, anxieux, chaviré, guetter les moindres expressions du commissaire.

— On a tué, dit celui-ci.

— Cela paraît indiscutable.

— On ne tue pas sans raison, surtout par le poison, qui est incompatible avec un mouvement de colère ou de passion. Dans ma carrière, je n'ai pas vu un seul drame du poison qui ne fût un drame d'intérêt.

— Mais quel intérêt voulez-vous qu'il y ait, que diable?

Il s'emportait, à la fin.

— Je ne l'ai pas découvert.

— Tout ce que ma belle-mère possède est en viager, à part quelques meubles et bibelots..

— Je sais.

— Je n'ai pas besoin d'argent, surtout à présent. Arlette non plus. Théo ne s'en soucie pas.

— On m'a répété tout cela.

— Alors?

— Alors, rien. Je ne fais que commencer mon enquête, monsieur Besson. Vous m'avez appelé et je suis venu. Valentine, elle aussi, m'a demandé de m'occuper de l'affaire.

— Elle vous a écrit?

— Ni écrit, ni téléphoné. Elle est venue me voir à Paris.

— Je savais qu'elle était allée à Paris, mais je croyais que c'était pour aller voir sa fille.

— Elle est venue à la P. J. et se trouvait dans mon bureau quand on m'a transmis la communication du ministre.

— C'est curieux.

— Pourquoi?

— Parce que je ne me doutais pas qu'elle connût votre nom.

— Elle m'a dit qu'elle suivait la plupart de mes enquêtes dans les journaux et qu'elle avait découpé certains articles. Qu'est-ce qui vous chiffonne?

— Rien.

— Vous préférez vous taire?

— Rien de précis, je vous assure, sauf que je n'ai jamais vu ma belle-mère lire un journal. Elle n'est abonnée à aucun, a toujours refusé d'avoir un appareil de radio et n'a même pas le téléphone. Elle ne s'intéresse pas du tout à ce qui se passe ailleurs.

— Vous voyez que l'on peut faire des découvertes.

— A quoi celle-ci nous mène-t-elle?

— Nous le saurons plus tard. Peut-être à rien. Vous n'avez pas soif?

— Théo est toujours à Etretat?

— Je l'ai encore aperçu hier au soir.

— Dans ce cas, nous avons des chances de le rencontrer au bar. Vous lui avez parlé?

— Je n'en ai pas eu l'occasion.

— Je vous présenterai.

On sentait que quelque chose le tracassait et,

cette fois, il se contenta de couper le bout de son cigare avec les dents, de l'allumer n'importe comment.

Des adolescents jouaient avec un gros ballon rouge dans les vagues...

6

LA ROSE ET SES PROBLEMES

Besson ne s'était pas trompé. Il n'y avait qu'une seule personne au bar, en dehors de Charlie, qui n'avait pas fini son mastic: c'était Théo qui, faute d'un partenaire, jouait tout seul au *poker dice*.

Charles s'avançait, heureux et fier de présenter son aîné, et celui-ci les regardait venir avec des yeux sans expression, descendait à regret de son tabouret.

— Tu connais le commissaire Maigret?

Théo aurait pu dire « De nom seulement », ou « Comme tout le monde », n'importe quoi qui donne à entendre que ce n'était pas pour lui un nom quelconque, mais il se contenta, sans tendre la main, d'incliner le buste d'une façon très officielle en murmurant:

— Enchanté.

De près, il paraissait plus âgé, car on découvrait de fines rides qui ressemblaient à des craquelures. Il devait passer un long moment chaque matin au salon de coiffure et se faire donner des soins compliqués, probablement des massages faciaux, car il avait une peau de vieille coquette.

— Tu sais sans doute que, sur mon intervention et sur celle de Valentine, qui est allée à Paris tout exprès, le commissaire a accepté de s'occuper de l'enquête?

Charles était un peu déçu de voir son frère les accueillir avec la froideur polie d'un souverain en voyage.

— Nous ne te dérangeons pas?

— Pas du tout.

— Nous venons de passer une heure au soleil, sur la plage, et nous avons soif, Charlie !

Celui-ci adressa un clin d'oeil amical à Maigret.

— Qu'est-ce que tu es en train de boire, Théo?

— Scotch.

— Je déteste le whisky. Qu'est-ce que vous prendrez, commissaire? Moi, ce sera un picon-grenadine.

Pourquoi Maigret en prit-il aussi? Cela ne lui était pas arrivé depuis longtemps, et, pour quelque raison mystérieuse, ce lui rappela des vacances.

— Tu as revu Valentine, depuis dimanche?

— Non.

Théo avait de grandes mains très soignées, mais blêmes, avec des poils roux et une grosse chevalière. Il ne portait pas un seul vêtement que l'on aurait trouvé dans un magasin ordinaire. On comprenait qu'il s'était créé un type, une fois pour toutes. Quelqu'un l'avait frappé, probablement un aristocrate anglais, et il avait étudié ses gestes, sa démarche, sa façon de s'habiller et jusqu'à ses expressions de physionomie. De temps en temps, avec nonchalance, il portait la main à sa bouche comme s'il allait bâiller, mais il ne bâillait pas.

— Tu restes encore longtemps à Etretat?

— Je ne sais pas.

Charles s'efforçait de mettre quand même son frère en valeur, expliquait au commissaire:

— C'est un curieux garçon. Il ne sait jamais la veille ce qu'il fera le lendemain. Sans raison, comme ça, en sortant du *Fouquet's* ou du *Maxim's*, il rentre boucler sa valise et prend l'avion pour Cannes ou pour Chamonix, pour Londres ou pour Bruxelles. N'est-ce pas, Théo?

Alors Maigret attaqua directement:

— Vous permettez que je vous pose une question, monsieur Besson? Quand avez-vous eu rendez-vous avec Rose pour la dernière fois?

Le pauvre Charles les regarda tous deux avec stupeur, ouvrit la bouche comme pour une protestation, eut l'air d'attendre une énergique dénégation de son aîné.

Or Théo ne nia pas. Il parut embêté, fixa un moment le fond de son verre avant de lever les yeux vers le commissaire.

— C'est une date exacte que vous désirez?

— Autant que possible.

— Charles vous dira que je ne connais jamais la date et que, souvent, je me trompe sur le jour de la semaine.

— Il y a plus de huit jours?

— A peu près huit jours.

— C'était un dimanche?

— Non. S'il s'agissait d'un témoignage sous serment, j'y réfléchirais à deux fois, mais, à vue de nez, je réponds que c'était mercredi ou jeudi dernier.

— Vous avez eu de nombreux rendez-vous avec elle?

— Je ne sais pas au juste. Deux ou trois.

— C'est chez votre belle-mère que vous avez fait sa connaissance?

— On a dû vous dire que je ne voyais pas ma belle-mère. Lorsque j'ai rencontré cette fille, j'ignorais où elle travaillait.

— Où était-ce?

— A la fête de Vaucottes.

— Tu te mets à courir les bonniches? plaisanta Charles, pour montrer que ce n'était pas une habitude de son aîné.

— Je regardais les courses en sac. Elle était à côté de moi, et je ne sais plus, d'elle ou de moi, qui a parlé le premier. En tout cas, elle a remarqué que ces fêtes de villages étaient toutes les mêmes, que c'était idiot et qu'elle préférait s'en aller, et, comme j'allais partir moi-même, je lui ai poliment proposé une place dans ma voiture.

— C'est tout?

— La même chose, Charlie!

Celui-ci d'autorité, remplit les trois verres, et Maigret ne pensa pas à protester.

— Elle m'a raconté qu'elle lisait beaucoup, m'a parlé de ce qu'elle lisait, des ouvrages qu'elle ne pouvait pas comprendre et qui la troublaient. Dois-je considérer ceci comme un interrogatoire, monsieur le commissaire? Remarquez que je m'y plierais docilement, mais, étant donné l'endroit...

— Voyons, Théo! protesta Charles. Je te rappelle que c'est *moi* qui ai demandé à M. Maigret de venir.

— Vous êtes la première personne que je rencontre, ajouta le commissaire, qui paraisse connaître un peu cette fille, en tout cas la première à m'en parler.

— Que désirez-vous encore savoir?

— Ce que vous pensez d'elle.

— Une petite paysanne qui avait trop lu et qui posait des questions biscornues.

— Sur quoi?

— Sur tout, sur la bonté, sur l'égoïsme, sur les rapports des humains entre eux, sur l'intelligence, que sais-je?

— Sur l'amour?

— Elle m'a déclaré qu'elle n'y croyait pas et qu'elle ne s'abaisserait jamais à se livrer à un homme.

— Même mariée?

— Elle considérait le mariage comme quelque chose de très sale, selon son expression.

— De sorte qu'il n'y a rien eu entre vous?

— Absolument rien.

— Aucune privauté?

— Elle me prenait la main, quand nous marchions, ou bien, quand il nous est arrivé de rouler en auto, s'appuyait un peu à mon épaule.

— Elle ne vous a jamais parlé de la haine?

— Non. Ses marottes étaient l'égoïsme et l'orgueil, et elle prononçait ce dernier mot avec un fort accent normand. Charlie!

— En somme, intervint son frère, tu t'es amusé à faire une étude de caractère?

Mais Théo ne se donna pas la peine de lui répondre.

— C'est tout, monsieur le commissaire?

— Avant la mort de Rose, vous connaissiez déjà Henri?

Cette fois, Charles s'agita avec une réelle inquiétude. Comment Maigret, qui ne lui avait parlé de rien, savait-il tout cela? L'attitude de Théo commençait à lui paraître moins naturelle, et surtout son séjour prolongé à Etretat.

— Je ne le connaissais que de nom, car elle m'avait entretenu de toute sa famille, qu'elle n'aimait pas, bien entendu, sous prétexte qu'on ne la comprenait pas.

— C'est après sa mort que vous avez rencontré Henri Trochu?

— Il m'a interpellé dans la rue, m'a demandé si j'étais bien celui qui sortait avec sa sœur, et il avait l'air de vouloir se battre. Je lui ai répondu posément et il s'est calmé.

— Vous l'avez revu?

— Hier soir, en effet.

— Pourquoi?

— Parce que nous nous sommes rencontrés.

— Il en veut à votre famille?

— Il en veut surtout à Valentine.

— Pour quelle raison?

— C'est son affaire. Je suppose que vous pouvez le questionner, comme vous me questionnez. Charlie!

Maigret venait de découvrir soudain à qui Théo s'efforçait laborieusement de ressembler : c'était au duc de Windsor.

— Deux ou trois questions encore, puisque vous avez l'amabilité de vous y prêter. Vous n'êtes jamais allé voir Rose à *La Bicoque?*

— Jamais.

— Vous ne l'avez pas non plus attendue à proximité?

— C'est elle qui venait ici.

— Ne s'est-elle pas enivrée en votre compagnie?

— Après un verre ou deux, elle était très énervée.

— Elle ne manifestait pas l'intention de mourir?

— Elle avait une peur bleue de la mort et, en auto, me suppliait toujours de ralentir.

— Elle aimait votre belle-mère? Elle lui était dévouée?

— Je ne crois pas que deux femmes qui vivent ensemble du matin au soir puissent s'aimer.

— Vous pensez qu'elles se haïssent fatalement?

— Je n'ai pas prononcé ce mot-là.

— Au fait, intervint Charles Besson, cela me rappelle que je dois rendre visite à Valentine. Ce ne serait pas gentil d'être venu à Etretat et de ne pas avoir pris de ses nouvelles. Vous m'accompagnez, monsieur le commissaire?

— Merci.

— Vous restez avec mon frère?

— Je reste ici encore un moment.

— Vous n'avez plus besoin de moi aujourd'hui? Demain, je serai à Dieppe, pour l'enterrement. A propos, Théo, ma belle-mère est morte.

— Mes compliments.

Il s'en alla, très rouge, sans qu'on pût savoir si c'était à cause des apéritifs ou de l'attitude de son frère.

— L'idiot! murmura Théo entre ses dents. Ainsi, il vous a fait venir exprès de Paris?

Il haussa les épaules, tendit la main vers les dés, comme pour faire comprendre qu'il n'avait plus rien à dire. Maigret prit son portefeuille dans sa poche, se tourna vers Charlie, mais Théo se contenta de murmurer à celui-ci:

— Mets ça sur mon compte.

En sortant du casino, Maigret aperçut la voiture de Castaing et, près de l'hôtel, l'inspecteur qui le cherchait.

— Vous avez un moment? Nous prenons un verre?

— J'aimerais autant pas. Je crois que je viens d'avaler trois apéritifs coup sur coup, et je préférerais me mettre tout de suite à table.

Il se sentait engourdi. Il avait tendance, tout à coup, à voir l'affaire sous un jour plutôt comique, et même Castaing, avec son air sérieux et affairé, lui apparaissait comme un personnage amusant.

— J'ai l'impression que vous feriez bien d'aller faire un tour à Yport. Depuis cinq ans que je suis dans le pays, je croyais connaître les Normands, mais je ne me sens pas de taille à me mesurer avec cette famille-là.

— Qu'est-ce qu'ils disent?

— Rien. Ni oui ni non, ni ceci ni cela. Ils me regardent en dessous, ne m'offrent pas de m'asseoir, ont l'air d'attendre que je m'en aille. Parfois ils se jettent des petits coups d'oeil, comme s'ils se disaient:

» — On lui parle?

» — Décide, toi!

» — Non, décide!

» Puis c'est la mère qui lâche un mot qui ne veut peut-être rien dire, mais qui est peut-être gros de sens.

— Quel genre de mot?

— Par exemple:

» — Ces gens-là, cela se tient et il n'y en a pas un qui parlera.

— Quoi encore?

— « Ils devaient bien avoir une raison pour
» empêcher ma fille de venir ici. »

— Elle n'allait plus les voir ?

— Rarement, à ce que j'ai compris. Car, avec
eux, on peut comprendre ce qu'on veut. On
dirait que les mots n'ont pas le même sens qu'ailleurs. Ils en prononcent un et, tout de suite, se
rétractent. Ce qui en ressort, c'est que nous
sommes ici non pour découvrir la vérité, mais
pour empêcher « *ces gens-là* » d'avoir des ennuis.

» Ils n'ont pas l'air de croire que la Rose est
morte par erreur. A les entendre, c'est elle, et
non Valentine, que l'on visait.

» Le père, quand il est rentré, m'a quand même
offert un verre de cidre, parce que j'étais sous
son toit, mais après avoir longtemps hésité. Le
fils qui était présent, car il ne part pour la pêche
que cette nuit, n'a pas trinqué avec nous.

— L'aîné, Henri ?

— Oui. Il n'a pas prononcé un mot. Je crois
qu'il leur faisait signe de se taire. Peut-être que
si je rencontrais le père à Fécamp, dans un bistrot,
avec quelques verres dans le nez, il en dirait
davantage. Qu'est-ce que vous avez fait de votre
côté ?

— J'ai bavardé avec les deux Besson, Charles
d'abord, puis Théo.

Ils se mirent à table. Il y avait une bouteille
de vin blanc devant eux, et l'inspecteur remplit
les deux verres. Maigret n'y prit pas garde et,
lorsqu'ils quittèrent la salle à manger, il fut tenté d'aller faire la sieste, fenêtres larges ouvertes
sur le soleil et sur la mer.

Une pudeur le retint. Cela aussi était un héritage de son enfance, une sorte de sentiment du

devoir qu'il exagérait volontiers, l'impression qu'il n'en faisait jamais assez pour gagner son pain, au point que, quand il était en vacances, ce qui ne lui arrivait pas tous les ans, — exemple: cette année encore, — il n'était pas loin d'éprouver un sentiment de culpabilité.

— Qu'est-ce que je fais? questionna Castaing, surpris de voir le commissaire somnolent et indécis.

— Ce que tu voudras, mon petit. Fouille. Je ne sais pas où. Peut-être que tu pourrais revoir le docteur?

— Le docteur Jolly?

— Oui. Et les gens! N'importe qui! Au petit bonheur. La vieille demoiselle Seuret est probablement bavarde et doit s'ennuyer toute seule.

— Je vous dépose quelque part?

— Merci.

Il savait qu'il y avait un moment comme celui-là à passer au cours de chaque enquête, et que, comme par hasard — où bien était-ce un instinct qui le poussait? — presque chaque fois il lui arrivait de boire un peu trop.

C'était quand, comme il disait à part lui, cela « se mettait à grouiller ».

Au début, il ne savait rien, que des faits précis, ce qu'on écrit dans les rapports. Puis il se trouvait en présence de gens qu'il n'avait jamais vus, qu'il ne connaissait pas la veille, et il les regardait comme on regarde des photographies dans un album.

Il fallait faire connaissance aussi rapidement que possible, poser des questions, croire ou ne pas croire aux réponses, éviter d'adopter trop vite une opinion.

C'était la période où les gens et les choses étaient nets, mais un peu lointains, encore anonymes, impersonnels.

Puis, à un moment donné, comme sans raison, cela se mettait « à grouiller ». Les personnages devenaient à la fois plus flous et plus humains, plus compliqués surtout, et il fallait faire attention.

En somme, il commençait à les voir par le dedans, tâtonnait, mal à l'aise, avec l'impression qu'il ne faudrait plus qu'un petit effort pour que tout se précise et pour que la vérité apparaisse d'elle-même.

Les mains dans les poches, la pipe aux dents, il marchait lentement le long de la route poudreuse qui lui était déjà familière, et un détail le frappait, tout bête, mais qui avait peut-être son importance. Il était habitué à Paris, où l'on dispose de moyens de transport à tous les coins de rue.

Quelle distance y avait-il entre *La Bicoque* et le centre d'Etretat? Environ un kilomètre. Valentine n'avait pas le téléphone. Elle n'avait plus d'auto. Il était probable qu'elle ne roulait pas à bicyclette.

C'était donc pour la vieille dame, tout un trajet pour prendre contact avec d'autres humains, et elle devait être parfois des journées entières sans voir personne. Sa plus proche voisine était Mlle Seuret, qui avait près de quatre-vingt-dix ans et qui ne quittait sans doute plus son fauteuil.

Est-ce que Valentine faisait elle-même son marché? Etait-ce la Rose qui s'en chargeait?

Il y avait de grosses mûres noires sur les haies, mais il ne s'arrêta pas pour en cueillir, pas plus qu'il ne s'arrêta pour couper une baguette, il en avait malheureusement passé l'âge. Cela l'amusait d'y penser. Il pensait également à Charles, à son frère Théo, se promettait d'aller, lui aussi, boire un verre de cidre chez les Trochu. Est-ce qu'on lui en offrirait?

Il poussa la barrière peinte en vert et aspira l'odeur complexe de toutes les fleurs et de tous les arbustes du jardin, entendit un grattement régulier et, au détour du sentier, aperçut un vieillard en train de biner le pied des rosiers. C'était évidemment Honoré, le jardinier, qui venait travailler pour Valentine trois jours par semaine et qu'employait également Mlle Seuret.

L'homme se redressa pour regarder l'intrus, leva une main jusqu'à son front sans qu'on pût savoir si c'était pour saluer ou pour abriter les yeux du soleil.

C'était bien un jardinier « comme sur les images », presque bossu à force de s'être courbé sur la terre, aux petits yeux de fouine, l'air méfiant des bêtes qui sortent la tête de leur terrier.

Il ne dit rien, suivit Maigret du regard et, seulement quand il entendit s'ouvrir la porte, reprit son grattement monotone.

Ce n'était pas Mme Leroy qui s'était dérangée pour venir ouvrir, mais Valentine elle-même, avec l'air d'accueillir quelqu'un qu'elle connaissait depuis longtemps.

— J'ai eu de la visite aujourd'hui, annonça-t-elle, toute animée. Charles est venu me voir. Il paraissait déçu de la façon dont son frère vous a reçu.

— Il vous a parlé de notre conversation?

— De quelle conversation? Attendez. Il m'a

surtout parlé de la vieille Mme Montet, qui est
morte, ce qui va changer sa situation. Il est riche,
à présent, plus riche qu'il n'a jamais été, car
la vieille chipie avait plus de soixante maisons
à elle, sans compter les titres et plus que probablement un magot en pièces d'or. Qu'est-ce que
vous prenez?

— Un verre d'eau, aussi glacé que possible.

— A la condition que vous preniez un petit
quelque chose avec. Faites cela pour moi. Je ne
bois jamais seule. Ce serait affreux, n'est-ce pas?
Voyez-vous une vieille femme s'offrir des verres
de calvados? Mais, quand il vient quelqu'un, je
vous avoue que je me réjouis de l'occasion.

Tant pis, après tout! Il se sentait bien. Il avait
un peu chaud, dans la pièce trop petite où les
rayons du soleil l'atteignaient sur une épaule.
Valentine, qui lui avait désigné son fauteuil, le
servait, vive et alerte, une flamme presque gamine dans les yeux.

— Charles ne vous a parlé de rien d'autre?

— A quel sujet?

— Au sujet de son frère.

— Il m'a simplement dit qu'il ne comprenait
pas Théo de s'être montré sous un mauvais jour,
ajoutant qu'il avait l'air de le faire exprès. Il
était dépité. Il admire énormément Théo, et il
a très fort l'esprit de famille. Je parie que ce
n'est pas lui qui vous a dit du mal de moi.

— C'est exact.

— Qui?

Il n'y avait pas trois minutes qu'il était dans
la maison, et c'était lui qui subissait, sans presque s'en rendre compte, un interrogatoire

— Ma fille, n'est-ce pas?

Mais elle disait cela en souriant.

— Ne craignez pas de la trahir. Elle n'a pas essayé de me le cacher. Elle m'a appris qu'elle vous avait mis au courant de tout ce qu'elle pensait.

— Je ne crois pas que votre fille soit très heureuse.

— Vous vous figurez qu'elle a envie de l'être?

Elle souriait à son verre, à Maigret.

— Je ne sais pas si vous avez beaucoup fréquenté les femmes. La Rose, par exemple, aurait été horriblement malheureuse si elle n'avait pas eu sans cesse des problèmes à poser, des problèmes philosophiques, vous comprenez, auxquels elle se mettait soudain à penser, l'air buté, me répondant à peine quand je lui parlais, faisant la vaisselle à grand fracas, comme si on l'empêchait de découvrir une solution dont le sort du monde dépendait.

— Est-il exact qu'elle n'allait plus chez ses parents?

— Elle y allait rarement parce que, chaque fois, il y avait des scènes.

— Pourquoi?

— Vous ne devinez pas? Elle leur arrivait avec ses problèmes, leur donnait des conseils d'après les derniers livres qu'elle avait lus et naturellement, on la traitait de sotte.

— Elle n'avait pas d'amies?

— Pour la même raison. Et, pour la même raison toujours, elle ne fréquentait pas les gars du pays, trop frustes et trop terre à terre à son gré.

— De sorte qu'en dehors de vous elle ne parlait pour ainsi dire à personne?

— Elle faisait le marché, mais elle ne devait

pas beaucoup desserrer les dents. Pardon! J'oubliais le docteur. Car Rose avait découvert dans ma bibliothèque un livre de médecine dans lequel elle se plongeait de temps en temps, après quoi elle me posait des colles.

» — Avouez que vous savez que je n'en ai pas pour longtemps?

» — Tu es malade Rose?

» Elle venait de se découvrir un cancer ou, de préférence, une maladie rare. Ça la travaillait quelques jours, puis elle me demandait une heure de liberté pour courir chez le médecin.

» Peut-être aussi était-ce l'occasion pour elle de parler de ses problèmes, car Jolly l'écoutait patiemment, sans rire, sans jamais la contredire.

— Elle passait ses soirées avec vous?

— Jamais je ne l'ai vue s'asseoir dans le salon, et cela ne m'aurait d'ailleurs pas fait plaisir. Vous me trouvez vieux jeu? Aussitôt après sa vaisselle, elle montait dans sa chambre et, sans se déshabiller, se couchait sur son lit avec un livre et fumait des cigarettes. Elle n'aimait certainement pas le goût du tabac. Elle ne savait pas fumer. Elle était sans cesse obligée de fermer les yeux, mais cela faisait partie de sa notion de la poésie. Je suis cruelle? Pas autant que vous le pensez. Quand je montais, je la voyais apparaître, le visage congestionné, les yeux brillants, et elle attendait que. je sois couchée pour me tendre mon médicament.

» — N'oubliez pas d'aérer votre chambre avant
» de vous mettre au lit.

» C'était ma phrase rituelle, à cause de la fumée de cigarettes qui s'infiltrait par-dessous les portes. Elle répondait:

» — Non, madame. Bonsoir, madame.

» Puis elle faisait autant de bruit en se déshabillant que doit en faire toute une chambrée. »

Mme Leroy, elle aussi, faisait du bruit dans la cuisine, mais on aurait dit que c'était par plaisir, pour manifester son indépendance. Elle vint ouvrir la porte, revêche, avec un regard de poisson à Maigret qu'elle n'avait pas l'air de voir.

— Je mets la soupe au feu?

— N'oubliez pas l'os à moelle.

Et se tournant vers le commissaire:

— En somme, en dehors de Julien, mon gendre, vous avez rencontré toute la famille. Ce n'est pas particulièrement brillant, mais ce n'est pas bien méchant non plus, n'est-ce pas?

Il essayait, sans y parvenir, de se souvenir des phrases d'Arlette au sujet de sa mère.

— Je finirai par croire, comme ce brave Charles, qu'il y eut seulement un accident inexplicable. Vous voyez que je suis toujours en vie et, si quelqu'un a décidé, à un certain moment, de me supprimer — pourquoi, mon Dieu? — il semble qu'il se soit découragé. Qu'en pensez-vous?

Il ne pensait pas du tout. Il la regardait, les yeux un peu troubles, avec du soleil qui jouait entre eux deux. Un vague sourire flottait sur ses lèvres — Mme Maigret aurait dit qu'il était béat — tandis qu'il se demandait, sans rien prendre au tragique, comme un jeu, s'il était possible de démonter une femme comme celle-là.

Il prenait son temps, la laissait parler encore, portant parfois à ses lèvres son verre de calvados, et l'odeur fruitée de l'alcool devenait pour lui l'odeur de la maison, avec un fumet de bonne cuisine, une pointe d'encaustique et de « propre ».

Elle ne devait pas se fier aux bonnes pour le nettoyage, et il l'imaginait le matin, un bonnet sur la tête, prenant elle-même les poussières sur la multitude de bibelots fragiles.

— Vous me trouvez originale? Allez-vous décider, comme certains dans le pays, que je suis une vieille folle? Vous verrez plus tard! Quand on devient vieux, on ne s'occupe plus de l'opinion des gens, et on fait ce qu'on a envie de faire.

— Vous n'avez pas revu Théo?

— Non. Pourquoi?

— Vous savez dans quel hôtel il est descendu?

— Je crois lui avoir entendu dire dimanche qu'il avait sa chambre à l'*Hôtel des Anglais.*

— Non. C'est à l'*Hôtel de la Plage.*

— Pourquoi pensez-vous qu'il serait revenu me voir?

— Je ne sais pas. Il connaissait bien la Rose.

— Théo?

— Il est sorti plusieurs fois avec elle.

— Cela n'a pas dû arriver souvent, car elle ne sortait guère.

— Vous l'en empêchiez?

— Je ne lui permettais évidemment pas de courir les rues le soir.

— Elle l'a pourtant fait. Combien de jours de sortie avait-elle?

— Deux dimanches par mois. Elle partait après la vaisselle du déjeuner et, quand elle allait chez ses parents, ne rentrait que le lundi matin par le premier autobus.

— De sorte que vous étiez seule à la maison?

— Je vous ai déjà dit que je n'ai pas peur. Vous prétendiez qu'il y avait quelque chose entre elle et Théo?

— D'après lui, elle se contentait de lui parler, à lui aussi, de ses problèmes.

Et il ajouta un peu perfidement :

— ... en le tenant par la main ou en posant la tête sur son épaule !

Elle rit, elle rit de si bon cœur qu'elle perdit le souffle.

— Dites-moi bien vite que ce n'est pas vrai.

— C'est absolument exact. C'est même la raison pour laquelle, aujourd'hui, Charles n'était pas très fier de son frère.

— Théo vous a parlé de ça devant lui ?

— Il a bien fallu. Il a compris que je savais.

— Et comment saviez-vous ?

— D'abord, parce que je l'ai rencontré hier en compagnie du frère de Rose.

— Henri ?

— Oui. Ils étaient en grande conversation dans un café de la ville.

— Où l'a-t-il connu ?

— Je l'ignore. D'après lui, Henri savait, lui aussi, et est venu lui demander des explications.

— C'est trop drôle ! Si ce n'était pas vous qui me l'affirmiez... Voyez-vous, monsieur Maigret, il faut connaître Théo pour apprécier le sel de ce que vous m'apprenez. C'est l'être le plus snob de la terre. C'est devenu presque sa seule raison d'être. Il s'ennuierait à mort n'importe où, pourvu que ce soit select, et ferait des centaines de kilomètres pour être vu en compagnie de quelqu'un de reluisant.

— Je le sais.

— Qu'il se promène avec la Rose la main dans la main... Écoutez ! Il y a un détail que vous ne connaissez pas, qu'on n'a pas dû penser à vous dire au sujet de ma bonne. C'est dommage que ses parents aient emporté ses effets. Je vous aurais montré ses robes, surtout ses chapeaux. Imaginez les couleurs les plus extravagantes, celles qui jurent le plus les unes avec les autres. Rose avait une très forte poitrine. Or, quand elle sortait, car je ne lui aurais pas permis de s'habiller comme cela ici, elle portait des vêtements si collants qu'elle en avait de la peine à respirer. Et, ces jours-là, elle m'évitait en partant et en rentrant, à cause de son maquillage, si outrancier, si maladroit qu'elle avait l'air d'une de ces filles qu'on rencontre au coin de certaines rues de Paris. Théo et elle. Seigneur !

Et elle riait à nouveau, plus nerveusement.

— Dites-moi, où allaient-ils ainsi ?

— Je sais seulement qu'ils se sont rencontrés à la fête de Vaucottes et qu'il leur est arrivé de boire un verre dans un petit café d'Etretat.

— Il y a longtemps ?

Il paraissait à moitié endormi, maintenant. Un vague sourire aux lèvres, il l'observait à travers ses cils.

— La dernière fois, c'était mercredi dernier.

— Théo vous l'a avoué ?

— Pas de fort bon gré, mais il l'a avoué quand même.

— On aura tout vu. J'espère, au moins, qu'il ne venait pas la retrouver dans ma maison, comme l'amant de ma fille, en passant par la fenêtre ?

— Il affirme que non.

— Théo..., répétait-elle, encore incrédule.

Puis elle se leva pour remplir les verres.

— Je vois Henri, le dur de la famille, venant lui réclamer des comptes ! Mais...

Son visage passait de l'ironie au sérieux, puis à un air amusé.

— Ce serait le bouquet... Il y a deux mois, n'est-ce pas ? que Théo est à Etretat... Supposez... Non ! c'est trop extravagant...

— Vous pensez qu'il aurait pu lui faire un enfant ?

— Non ! Pardonnez-moi. Cela m'est passé par la tête, mais... Vous y aviez songé aussi ?

— Incidemment.

— Cela n'expliquerait d'ailleurs rien.

Le jardinier paraissait derrière la porte vitrée et attendait sans bouger, sûr qu'on finirait par le voir.

— Vous m'excusez un instant ? Il faut que j'aille lui donner des instructions.

Tiens ! il y avait un tic-tac d'horloge auquel il n'avait pas encore pris garde, et il finit par identifier le bruit régulier qui venait du premier étage, c'était le ronron du chat, sans doute couché sur le lit de sa maîtresse, qui s'entendait à travers le plafond léger de cette maison-joujou.

Le soleil, que les carreaux découpaient en menus morceaux, dansait sur les bibelots, où il mettait des reflets et dessinait sur le vernis de la table la forme très nette d'une feuille de tilleul. Mme Leroy, dans la cuisine, faisait assez de vacarme pour que l'on pût croire qu'elle changeait le mobilier de place. Le grattement reprit dans le jardin.

Maigret eut l'impression de n'avoir pas cessé d'entendre le grattement, et pourtant, quand il ouvrit les yeux, il fut surpris de voir le visage de Valentine à un mètre de lui.

Elle s'empressa de lui sourire, pour éviter qu'il se sente mal à l'aise, cependant qu'il murmurait, la bouche pâteuse :

— Je crois que j'ai sommeillé.

7

LES PREDICTIONS DE L'ALMANACH

Au MOMENT DE SE quitter, Maigret et la vieille dame étaient d'humeur si enjouée qu'on aurait à peine été surpris de les voir se donner des claques dans le dos.

Est-ce que Valentine, une fois la porte refermée, avait gardé son sourire? Ou bien, comme après certains fous rires, avait-elle soudain changé d'humeur en se retrouvant seule à seule avec la froide Mme Leroy?

C'est un Maigret soucieux, en tout cas, au pas un peu lourd, qui avait regagné la ville et s'était dirigé vers la maison du docteur Jolly. A un certain moment, Castaing était sorti comme du mur, mais ce mur était un estaminet, point stratégique où l'inspecteur attendait depuis un bon moment en jouant aux cartes.

— J'ai vu le docteur, patron. Rose n'avait aucune maladie. Elle éclatait de santé. Elle allait quand même voir le médecin de temps en temps et, pour lui faire plaisir, il lui ordonnait des médicaments inoffensifs.

— Qui étaient...?

— Des hormones. C'était elle qui en voulait, qui ne parlait plus que de ses glandes.

Et Castaing, marchant à côté du commissaire, de s'étonner.

— Vous y retournez?

— Seulement une question à lui poser. Tu peux m'attendre.

C'était le premier jour qu'il tutoyait l'inspecteur, qui n'appartenait pas à son service, et c'était un signe. On apercevait une grosse maison carrée, aux murs couverts de lierre, dans un jardin aux allures de petit parc.

— C'est chez lui, dit Castaing. Mais il est dans le pavillon, à gauche, où il reçoit ses malades.

Le pavillon ressemblait à un hangar. Sans doute existait-il une Mme Jolly qui n'aimait pas les malades et les odeurs pharmaceutiques, et qui avait flanqué tout cela hors de chez elle.

— Arrangez-vous pour qu'il vous reconnaisse en ouvrant sa porte. Autrement, vous en avez pour des heures.

Les murs étaient blanchis à la chaux. Tout autour, sur des bancs, des femmes, des enfants, des vieillards attendaient. Il y avait bien douze personnes.

Un gamin avait un gros pansement autour de la tête, et une femme couverte d'un châle essayait en vain de faire taire un bébé dans ses bras. Tous les regards étaient tournés vers une porte, au fond, derrière laquelle on entendait un murmure de voix, et Maigret eut la chance de voir cette porte s'ouvrir presque tout de suite : une grosse fermière sortit, le docteur regarda autour de la pièce et aperçut le commissaire.

— Entrez donc, je vous en prie. Vous permettez un instant?

Il comptait les patients, séparait le bon grain de l'ivraie, c'est-à-dire désignait trois ou quatre personnes auxquelles il annonçait :

— Je ne pourrai pas vous voir aujourd'hui. Revenez après-demain à la même heure.

Il refermait la porte.

— Allons à la maison. Vous prendrez bien un verre?

— J'ai tout juste une question à vous poser.

— Mais, moi, je suis content de vous voir et je ne vous laisserai pas partir si vite.

Il ouvrait une porte latérale et, à travers le jardin, emmenait le commissaire vers la grosse maison carrée.

— C'est dommage que ma femme soit justement au Havre aujourd'hui. Elle aurait été si heureuse de faire votre connaissance !

C'était cossu, confortable, un peu sombre, à cause des grands arbres du jardin.

— L'inspecteur est venu tout à l'heure et je lui ai dit que, loin d'être malade, la Rose était bâtie pour faire une centenaire. J'ai rarement rencontré une famille aussi solide que la sienne. J'aurais voulu que vous voyiez sa charpente.

— Elle n'était pas enceinte?

— Qu'est-ce que vous me demandez là? C'est bien la dernière question que je me serais posée. Il n'y a pas longtemps qu'elle est venue, et elle ne m'a parlé de rien de semblable. Voilà à peu près trois mois, je lui ai fait un examen complet et je pourrais presque jurer qu'à ce moment-là elle n'avait jamais eu de rapports sexuels. Qu'est-ce que je vous offre?

— Rien. Je sors de chez Valentine, où j'ai été obligé de boire plus que je n'aurais voulu.

— Comment va-t-elle? Encore une qui est solide et qui pourrait se passer de médecin. Une femme attachante, n'est-ce pas? Je l'ai connue avant son second mariage, et même avant le premier. C'est moi qui l'ai accouchée.

— Vous la jugez tout à fait normale?

— Vous parlez du point de vue mental? Parce qu'elle se montre parfois originale? Méfiez-vous de ces gens-là, commissaire. Ce sont généralement les têtes les plus solides. Elle sait ce qu'elle fait, allez! Elle l'a toujours su. Elle aime sa petite vie, sa petite maison, son petit confort. Peut-on lui en vouloir? Je ne suis pas en peine pour elle, allez!

— Et la Rose?

Maigret pensait aux malades qui attendaient, à la femme avec son bébé dans les bras, au gamin à la grosse tête. Mais le docteur, qui ne paraissait pas pressé, avait allumé un cigare, s'était installé dans un fauteuil comme si la conversation devait durer longtemps.

— Il existe en France des milliers de filles comme la Rose. Vous savez d'où elle sort. Elle a peut-être passé trois ans en tout à l'école de son village. Elle s'est trouvée soudain dans un autre milieu. On lui a trop parlé. Elle a trop lu. Savez-vous ce qu'elle m'a demandé lors d'une de ses visites? Ce que je pensais des théories de Freud. Elle s'inquiétait aussi de savoir si son système glandulaire n'était pas déficient, que sais-je encore?

» Je feignais de la prendre au sérieux. Je la

laissais parler. Je lui ordonnais des médicaments qui lui faisaient autant d'effet que de l'eau.

— Elle était d'humeur chagrine?

— Pas du tout. Elle était très gaie, au contraire, quand elle se laissait aller. Puis elle se mettait à penser, comme elle disait, et alors elle se prenait au sérieux. C'est chez Valentine qu'elle a dû dénicher Dostoïewski, et elle l'a lu de bout en bout.

— Aucune des drogues que vous lui avez ordonnées ne contenait de l'arsenic.

— Aucune, rassurez-vous.

— Je vous remercie.

— Vous partez déjà? Je voudrais tellement vous avoir pour un bon moment.

— Je reviendrai sans doute.

— Si vous me le promettez...

Il soupirait, vexé d'être obligé déjà de retourner à son travail.

Castaing attendait dehors.

— Qu'est-ce que vous faites, maintenant?

— Je vais aller faire un tour à Yport.

— Je vous y conduis avec la Simca?

— Non. Je me demande si tu ne ferais pas bien de téléphoner à ta femme pour lui annoncer que tu risques de rentrer tard, peut-être de ne pas rentrer du tout.

— Elle en a l'habitude. Comment allez-vous vous rendre là-bas? Il n'y a pas d'autobus à cette heure-ci. Vous ne pouvez pas faire la route à pied.

— Je prendrai un taxi.

— Si l'un des deux est libre. Car il en existe tout juste deux, à Etretat. Tenez! le bureau est au coin de cette ruelle. Que voulez-vous que je fasse pendant ce temps?

— Tu vas te mettre à la recherche de Théo Besson.

— Ce ne sera pas difficile. Je n'ai qu'à faire le tour des bars. Ensuite?

— Rien. Tu le surveilleras.

— Discrètement?

— Peu importe s'il te voit. Ce qui compte, c'est que tu ne le quittes pas. S'il sortait de la ville en voiture, tu as ton auto. Gare-la non loin de la sienne, qui doit se trouver à l'hôtel. Dans ce cas, essaie de me laisser un mot ou d'envoyer un message à mon hôtel. Je ne pense pas qu'il aille loin.

— Si vous allez voir les Trochu, je vous souhaite bien du plaisir.

Le soleil commençait à se coucher quand Maigret quitta la ville dans un taxi dont le chauffeur se retournait sans cesse sur son siège pour lui parler. Le commissaire paraissait toujours somnoler, tirant parfois une bouffée de sa pipe, regardant la campagne qui devenait d'un vert sombre et triste, avec des lumières qui s'illuminaient dans les fermes et des vaches qui beuglaient aux barrières.

Yport n'était qu'un village de pêcheurs avec, comme partout au bord de la mer, quelques maisons où on louait des chambres aux estivants. Le chauffeur dut se renseigner, car il ne connaissait pas les Trochu. Il s'arrêta enfin devant une maison sans étage autour de laquelle séchaient des filets.

— Je vous attends?

— S'il vous plaît.

Un visage qu'on distinguait mal se profila à la fenêtre et, quand Maigret frappa à la porte peinte en brun, il entendit des bruits de fourchettes qui indiquaient que la famille était à table.

Ce fut Henri qui ouvrit la porte, la bouche pleine, et qui le regarda en silence sans l'inviter à entrer. Derrière lui flambait un feu d'âtre qui éclairait la pièce et au-dessus duquel pendait une grosse marmite. Il y avait un poêle à côté, un beau poêle presque neuf, mais on devinait que c'était un objet de luxe, dont on ne se servait qu'en de rares occasions.

— Je pourrais parler à votre père?

Celui-ci le voyait aussi, mais n'avait encore rien dit. Ils étaient cinq ou six, assis autour d'une longue table sans nappe, avec des assiettes fumantes devant eux et, au milieu, un immense plat de pommes de terre et de morue à la crème. La mère tournait le dos à la porte. Un petit garçon blond se dévissait la tête pour apercevoir l'intrus.

— Fais entrer, Henri, dit enfin le père.

Et, s'essuyant les lèvres du revers de sa manche, il se leva si lentement que ce geste en devenait presque solennel. Il semblait dire aux autres, à sa couvée :

« Ne craignez rien. Je suis là et il ne peut rien arriver. »

Henri ne reprit pas sa place et resta debout près d'un lit de fer, sous un chromo qui représentait *L'Angélus,* de Millet.

— Je suppose que vous êtes le patron de celui qui est déjà venu?

— Je suis le commissaire Maigret.

— Et qu'est-ce que vous nous voulez encore?

Il avait une belle tête de marin, comme les peintres du dimanche les aiment, et, même chez lui, sa casquette ne le quittait pas. Il paraissait aussi large que haut, dans son chandail bleu qui exagérait l'épaisseur de son torse.

— Je m'efforce de découvrir qui a tué...

— ... ma fille! acheva Trochu, tenant à spécifier que c'était sa fille, et nulle autre, qui était morte.

— Exactement. Je regrette que cela m'oblige à vous déranger et je ne pensais pas à vous trouver à table.

— A quelle heure mange-t-on la soupe, chez vous? Plus tard, bien sûr, comme chez les gens qui ne se lèvent pas à quatre heures et demie du matin.

— Voulez-vous me faire le plaisir de continuer votre repas.

— J'ai fini.

Les autres mangeaient toujours en silence, avec des gestes compassés, sans quitter Maigret des yeux, sans perdre un mot des paroles de leur père. Henri avait allumé une cigarette, peut-être d'un geste de défi. On n'avait pas encore offert une chaise au commissaire, qui paraissait énorme, dans la maison basse de plafond, où des saucisses pendaient aux poutres.

Il n'y avait pas seulement un, mais deux lits, dont un lit d'enfant, dans la pièce, et une porte ouverte laissait voir une chambre où il y en avait trois autres, mais pas de table de toilette, ce qui semblait indiquer que tout le monde allait se laver dehors, sur la margelle du puits.

— Vous avez repris les affaires de votre fille?

— C'était mon droit, non?

— Je ne vous le reproche pas. Cela m'aiderait peut-être dans ma tâche de savoir ce qu'elles contenaient exactement.

Trochu se tourna vers sa femme, dont Maigret vit enfin le visage. Elle paraissait jeune pour avoir une aussi nombreuse famille et de si grands enfants que la Rose et Henri. Elle était maigre, vêtue de noir, avec un médaillon au milieu de la poitrine.

Embarrassés, ils se regardaient, et les enfants s'agitaient sur leur banc.

— C'est qu'on a déjà fait le partage.

— Tous les objets ne se trouvent plus ici?

— Jeanne, qui travaille au Havre, a emporté les robes et le linge qu'elle pouvait mettre. Elle n'a pas pu prendre les souliers, qui étaient trop petits pour elle.

— C'est moi qui les ai! annonça une gamine d'environ quatorze ans, aux grosses tresses roussâtres.

— Tais-toi!

— Ce ne sont pas tant les vêtements qui m'intéressent que les menus objets. Il n'y avait pas de correspondance?

C'est vers Henri, cette fois, que les parents se tournèrent, et Henri ne paraissait pas fort disposé à répondre. Maigret répéta sa question.

— Non, laissa-t-il tomber.

— Pas de carnet, non plus, pas de notes?

— Je n'ai trouvé que l'almanach.

— Quel almanach?

Il se décida à aller le chercher dans la chambre voisine. Maigret se souvenait, que, quand il était jeune et qu'il vivait à la campagne, lui aussi, il avait vu de ces almanachs, mal imprimés,

sur du mauvais papier, avec des illustrations
naïves. Il était surpris que cela existât encore.

Chaque jour du mois était suivi d'une prédic-
tion. On lisait, par exemple :

« 17 août, Mélancolie.

» 18 août. Ne rien entreprendre. Ne pas voya-
ger.

» 19 août. La matinée sera gaie, mais gare
à la soirée. »

Il ne sourit pas, feuilletant gravement le petit
livre qui avait été beaucoup manié. Mais il ne
trouva rien de spécial au mois de septembre, ni
à la fin du mois précédent.

— Vous n'avez pas trouvé d'autres papiers ?

Alors, la mère se décida à se lever à son tour,
à prendre la parole, et on sentit que tous les
siens étaient derrière elle, applaudissaient la réponse qu'ils attendaient.

— Croyez-vous vraiment que c'est ici que vous
devez venir poser ces questions-là ? Je voudrais
qu'on me dise enfin si c'est ma fille qui est morte,
oui ou non. Dans ce cas, il me semble que ce n'est
pas nous qu'il faut tracasser, mais d'autres, qu'on
a soin de laisser tranquilles.

Il y avait comme un soulagement dans l'air.
C'est tout juste si la gamine de quatorze ans ne
battit pas des mains.

— Parce que nous sommes de pauvres gens,
continua-t-elle, parce que certaines personnes font
des manières...

— Je puis vous affirmer, madame, que je questionne indifféremment les riches et les pauvres.

— Et aussi ceux qui jouent les riches sans
l'être ? Et celles qui font les grandes dames et
sont sorties de plus bas que nous ?

Maigret ne broncha pas, espérant qu'elle con-
tinuerait, et elle le fit, après avoir regardé autour d'elle pour se donner du courage.

— Savez-vous ce que c'est, cette femme-là? Moi,
je vais vous le dire. Quand ma pauvre mère s'est
mariée, elle a épousé un brave garçon qui avait été
amoureux d'une autre pendant longtemps, de la
mère de Valentine, justement, et elles habitaient
toutes les deux presque porte à porte. Eh bien!
les parents du garçon n'ont jamais voulu qu'il
l'épouse. C'est vous dire quelle sorte de fille
c'était...

Si Maigret comprenait bien, c'était la mère de
Valentine qui était une fille qu'on n'épouse pas.

— Elle s'est mariée, me direz-vous, mais elle
n'a trouvé qu'un ivrogne, qu'un propre à rien, et
c'est de ces deux-là que Madame est sortie!

Trochu, le père, avait tiré une courte pipe de sa
poche et la bourrait dans une blague à tabac faite
d'une vessie de porc.

— Je n'ai jamais été d'accord que ma fille travaille chez une femme pareille, qui a peut-être
été pire que sa mère. Si on m'avait écoutée...

Un coup d'œil plein de reproches au dos de son
mari, qui avait dû, jadis, permettre à Rose d'entrer au service de Valentine.

— Elle est méchante, par-dessus le marché. Ne
souriez pas. Je sais ce que je dis. Elle vous a probablement eu avec ses faux airs. Je vous répète,
moi, qu'elle est méchante, qu'elle envie tout le
monde, qu'elle a toujours détesté ma Rose.

— Pourquoi votre fille est-elle restée chez elle?

— Je me le demande encore. Car elle ne l'aimait
pas, elle non plus.

— Elle vous l'a dit?

— Elle ne m'a rien dit. Elle ne parlait jamais de ses patrons. A la fin, elle ne nous parlait pour ainsi dire plus du tout. Nous n'étions plus assez bons pour elle, vous comprenez? Voilà ce que cette femme-là a fait. Elle lui a appris à mépriser ses parents, et cela je ne lui pardonnerai jamais. Maintenant, Rose est morte, et l'autre est venue prendre des grands airs à son enterrement, alors que sa place serait peut-être en prison!

Son mari la regarda avec, cette fois, l'air de vouloir la calmer.

— En tout cas, ce n'est pas ici qu'il faut venir chercher! conclut-elle avec force.

— Vous me permettez de dire un mot?

— Laissez-le parler, intervint Henri à son tour.

— Nous ne sommes pas des magiciens, à la police. Comment pourrions-nous découvrir qui a commis un crime si nous ignorons pourquoi le crime a été commis?

Il leur parlait doucement, gentiment.

— Votre fille a été empoisonnée. Par qui? Je le saurai probablement quand je découvrirai *pourquoi* elle a été empoisonnée.

— Je vous dis que cette femme-là la détestait.

— Ce n'est peut-être pas suffisant. N'oubliez pas que tuer est un acte très grave, où on joue sa propre tête et en tout cas sa liberté.

— Les malins ne risquent pas grand-chose.

— Je crois que votre fils me comprendra quand j'ajouterai que d'autres personnes ont approché Rose.

Henri parut gêné.

— Et il en existe peut-être d'autres encore, que nous ne connaissons pas. C'est pourquoi j'espérais examiner ses affaires. Il aurait pu y avoir des lettres, des adresses, voire des objets qu'elle aurait reçus en cadeau.

A ce mot-là, le silence se fit, les regards s'échangèrent. Ils semblaient s'interroger les uns les autres, et enfin la mère dit, avec un reste de méfiance :

— Tu lui montres la bague?

Elle s'adressait à son mari, qui se décida, comme à regret, à tirer un gros porte-monnaie usé de la poche de son pantalon. Il comportait de multiples compartiments, dont un fermait avec un bouton-pression. Il en tira un objet enveloppé de papier de soie qu'il tendit à Maigret. C'était une bague de style ancien, dont le chaton était orné d'une pierre verte.

— Je suppose que votre fille avait d'autres bijoux?

— Il y en avait plein une petite boîte, des choses qu'elle s'était achetées elle-même dans les foires à Fécamp. On les a déjà partagées. Il en reste ici...

La gamine, sans rien dire, courut dans la chambre et en revint avec un bracelet d'argent garni de pierres bleues en porcelaine.

— C'est ma part! dit-elle fièrement.

Tout cela ne valait pas lourd, des bagues, des médailles, des souvenirs de première communion.

— Cette bague-ci se trouvait avec les autres?

— Non.

Le pêcheur se tourna vers sa femme, qui hésita encore un peu.

— Je l'ai trouvée tout au fond d'un soulier,

dans une petite boule de papier de soie. C'étaient ses souliers du dimanche, qu'elle n'a pas portés plus de deux fois.

L'éclairage donné par le foyer n'était pas favorable à une expertise et Maigret n'était pas expert en pierres précieuses, mais il était flagrant que ce bijou-ci était d'une autre qualité que ceux dont on lui parlait.

— Je le dis, fit enfin Trochu, qui était devenu rouge. Cette chose-là me tracassait. Hier, je suis allé à Fécamp, et j'en ai profité pour entrer chez le bijoutier qui m'a vendu jadis nos alliances de mariage. J'ai écrit le mot qu'il m'a dit sur un morceau de papier. C'est une émeraude. Il a ajouté que cela valait aussi cher qu'un bateau et que, si je l'avais trouvée, je ferais mieux de la porter à la police.

Maigret se tourna vers Henri.

— C'est à cause de ça, lui demanda-t-il?

Henri fit signe que oui. La mère questionna, méfiante :

— Qu'est-ce que vous manigancez, tous les deux. Vous vous êtes déjà rencontrés?

— Je pense qu'il est préférable de vous mettre au courant. J'ai aperçu votre fils en compagnie de Théo Besson. Cela m'a surpris, mais je comprends à présent. En effet, Théo est sorti deux ou trois fois en compagnie de Rose.

— C'est vrai? demanda-t-elle à Henri.

— C'est vrai.

— Tu le savais? Et tu ne disais rien?

— Je suis allé lui demander si c'était lui qui avait donné une bague à ma sœur et ce qu'il y avait exactement entre eux.

— Qu'est-ce qu'il a répondu?

— Il m'a demandé à voir la bague. Je ne pouvais pas la lui montrer, puisque papa l'avait en
poche. Je lui ai expliqué comment elle était. Je
ne savais pas encore que c'était une émeraude,
mais il a dit tout de suite ce mot-là.

— C'est lui?

— Non. Il m'a juré qu'il ne lui avait jamais
fait de cadeau. Il m'a expliqué qu'elle était pour
lui une camarade, avec qui il aimait bavarder,
parce qu'elle était intelligente.

— Tu l'as cru? Tu crois quelque chose qui
vient de cette famille-là?

Henri regarda le commissaire, continua :

— Il essaie de découvrir la vérité, lui aussi.
Il prétend que ce n'est pas la police qui la trouvera. Il prétend même — sa lèvre trembla un
peu — que c'est Valentine qui vous a fait venir
et que c'est comme si vous étiez à son service.

— Je ne suis au service de personne.

— Je répète ses paroles.

— Tu es sûr, Henri, que ce n'est pas lui qui
a donné la bague à ta soeur, questionna le père,
embarrassé.

— Il m'a paru sincère. Il a ajouté qu'il n'était
pas riche et que, même en revendant son auto, il
ne pourrait pas acheter une bague comme celle-là,
pour autant que la pierre soit authentique.

— D'où prétend-il qu'elle vienne? fit Maigret
à son tour.

— Il ne sait pas non plus.

— Rose allait-elle parfois à Paris?

— Elle n'y a jamais mis les pieds de sa vie.

— Moi non plus, intervint la mère. Et je n'ai
aucune envie d'y aller. C'est bien assez d'être
obligée de faire parfois le voyage du Havre.

— Elle allait au Havre ?

— Il lui est arrivé de rendre visite à sa sœur.

— A Dieppe aussi ?

— Je ne crois pas. Qu'est-ce qu'elle serait allée faire à Dieppe ?

— La vérité, intervint à nouveau Mme Trochu, c'est que, les derniers temps, on ne savait à peu près plus rien d'elle. Quand elle venait nous voir, c'était en coup de vent, pour critiquer tout ce que nous faisions, tout ce que nous disions. Si elle ouvrait la bouche, elle ne parlait plus comme nous lui avons appris, mais employait des mots incompréhensibles.

— Elle était attachée à Valentine ?

— Vous voulez dire si elle l'aimait ? Mon idée, c'est qu'elle la détestait. Je l'ai compris à quelques mots qui lui ont échappé.

— Lesquels ?

— Cela ne me revient pas sur le moment, mais cela m'a frappée.

— Pourquoi restait-elle à son service ?

— C'est ce que je lui ai souvent demandé. Elle n'a pas répondu.

Trochu se décidait à accomplir la démarche que l'inspecteur Castaing avait annoncée pour la dernière heure.

— On ne vous a rien offert. Vous accepterez peut-être un verre de cidre ? Comme vous n'avez pas mangé, je ne vous propose pas d'alcool.

Il sortit pour aller le tirer au tonneau, dans le hangar, revint avec un plein broc en grès bleuâtre et prit une serviette dans un tiroir pour essuyer deux verres.

— Pouvez-vous me confier cette bague pendant un jour ou deux ?

— Elle n'est pas à nous. Je ne considère pas qu'elle a jamais appartenu à ma fille. Seulement, si vous l'emportez, il faudra me donner un reçu.

Maigret le rédigea sur un coin de la table, qu'on débarrassa à son intention. Il but le cidre, qui était un peu vert, mais dont il dit tout le bien possible, car Trochu le faisait lui-même chaque automne.

— Croyez-moi, disait la femme en le reconduisant vers la porte. C'est bien la Rose qu'on a voulu tuer. Et, si on essaie de faire croire le contraire, c'est qu'on a de bonnes raisons pour cela.

— J'espère que nous le saurons bientôt.

— Vous croyez que ce sera si vite que ça?

— Peut-être plus vite que vous ne pensez.

Il avait poussé le papier de soie avec la bague dans la poche de son gilet. Il regardait le lit-cage dans lequel la Rose avait sans doute dormi quand elle était petite, la chambre où elle avait couché plus tard avec ses sœurs, l'âtre devant lequel elle s'était accroupie pour faire la soupe.

S'il n'était plus tout à fait un ennemi, il restait un étranger, et on le regardait partir en gardant la réserve. Seul Henri accompagna le commissaire jusqu'à sa voiture.

— Cela ne vous ferait rien de m'emmener à Etretat?

— J'en serais enchanté.

— Le temps de prendre ma casquette et mon sac.

Il l'entendit expliquer aux siens :

— Je profite de l'auto du commissaire. D'Etretat, j'irai directement à Fécamp pour m'embarquer.

Il revint avec un sac de toile à voile, qui devait contenir ses effets pour la pêche. L'auto démarra. En se retournant, Maigret vit encore des personnages se découper devant la porte restée ouverte.

— Vous croyez qu'il m'a menti? questionna Henri en allumant une cigarette.

Ses vêtements répandaient dans la voiture une forte odeur de marée.

— Je ne sais pas.

— Vous allez lui montrer la bague?

— Peut-être.

— Quand je suis allé le trouver, la première fois, c'était pour lui casser la gueule.

— Je l'ai bien compris. Ce que je me demande, c'est comment il s'y est pris pour vous retourner.

Henri se mit à réfléchir.

— Je me le demande aussi. Il n'est pas comme je me l'étais figuré, et je suis sûr qu'il n'a pas essayé de coucher avec ma sœur.

— D'autres ont essayé?

— Le fils Babœuf, quand elle avait dix-sept ans, et je vous jure qu'il ne l'a pas emporté en paradis.

— Rose n'a jamais parlé de se marier?

— Avec qui?

Lui aussi devait avoir l'impression qu'il n'y avait personne pour sa sœur dans le pays.

— Vous avez envie de me dire quelque chose?

— Non.

— Pourquoi m'avez-vous accompagné?

— Je ne sais pas. J'ai envie de le revoir.

— Pour lui parler à nouveau de la bague?

— De cela et de tout. Je n'ai pas d'instruction comme vous, mais je devine qu'il y a des choses pas naturelles.

— Vous espérez le trouver dans le petit bar où je vous ai aperçus tous les deux?

— Là ou ailleurs. Mais je préférerais descendre de l'auto avant.

Il descendit en effet à l'entrée de la ville et s'éloigna, son sac sur l'épaule, après un vague merci.

Maigret passa d'abord à son hôtel, où il n'y avait pas de message pour lui, et il poussa ensuite la porte du bar de Charlie, au casino.

— Pas vu mon inspecteur?

— Il est passé à l'heure de l'apéritif.

Charlie regarda l'horloge qui marquait neuf heures, ajouta :

— Il y a un bon bout de temps.

— Théo Besson?

— Ils sont entrés et sortis l'un derrière l'autre.

Il montra d'un clin d'œil qu'il avait compris.

— Vous ne prenez rien?

— Merci.

Henri semblait avoir fait inutilement le voyage à Etretat, car Maigret trouva Castaing en faction devant l'*Hôtel de la Plage*.

— Il est là?

— Voilà un quart d'heure qu'il est monté dans sa chambre.

L'inspecteur désignait une lumière à une fenêtre du second étage.

8

LA LUMIERE DU JARDIN

Deux ou trois fois, ce soir-là, Castaing regarda Maigret en coin en se demandant si celui-ci savait où il allait, s'il était vraiment le grand bonhomme à qui les jeunes inspecteurs s'efforçaient de ressembler ou si, aujourd'hui en tout cas, il n'était pas en train de battre un beurre, à tout le moins de se laisser pousser par les événements.

— Allons nous asseoir un moment, avait dit le commissaire quand il l'avait rejoint en face de l'hôtel où il faisait le guet.

Les citoyens vertueux qui protestent contre le nombre des débits de boisson ne se doutent pas que ceux-ci sont la providence des policiers. Comme par hasard, il y en avait un à cinquante mètres de l'*Hôtel de la Plage* et, en penchant la tête, on pouvait surveiller les fenêtres de Théo.

Castaing avait cru que le commissaire voulait lui parler, lui donner des instructions.

— J'ai envie d'un café arrosé, avoua Maigret. Il ne fait pas chaud, ce soir.

— Vous avez dîné?

— Au fait, non.

— Vous n'allez pas dîner?

— Pas maintenant.

Il n'était pourtant pas ivre. Il devait avoir beaucoup bu depuis ce matin, ici et là, et c'est sans doute pourquoi il paraissait si pesant.

— Il est peut-être en train de se coucher, remarqua-t-il en regardant la fenêtre.

— Je continue quand même la planque?

— Tu continues, fiston. Mais, du moment que tu ne quittes pas des yeux la porte de l'hôtel, qui est plus importante que la fenêtre, tu peux rester assis ici. Moi, je crois que je vais aller dire un petit bonsoir à Valentine.

Mais il resta assis un bon quart d'heure, sans rien dire, à regarder vaguement devant lui. Il se leva enfin en soupirant, s'en alla, la pipe aux dents, les mains dans les poches, dans les rues désertes, où Castaing entendit son pas s'éloigner.

Il était dix heures moins quelques minutes quand Maigret arriva devant la barrière de *La Bicoque*, sur la route qu'éclairait un croissant de lune entouré d'un épais halo. Il n'avait rencontré personne. Il n'y avait pas eu un chien pour aboyer, un chat pour bondir dans une haie à son passage. On entendait seulement, dans quelque mare, le chant rythmé des grenouilles.

En se soulevant sur la pointe des pieds, il essaya de voir s'il y avait encore de la lumière chez la vieille dame, crut en apercevoir au rez-de-chaussée et se dirigea vers la barrière, qui était ouverte.

Il faisait humide, dans le jardin, avec une

forte odeur de terreau. On ne pouvait suivre le
sentier sans accrocher quelques branches, et le
froissement du feuillage devait s'entendre de l'intérieur.

Il atteignait la partie pavée, près de la maison,
vit le salon éclairé et, dans celui-ci, Valentine,
qui se levait de son fauteuil, l'oreille tendue, restait un instant immobile avant de se diriger vers le
mur et, au moment où il s'y attendait le moins,
d'éteindre la lumière.

Il éternua, juste à ce moment-là. Un grincement
lui indiqua qu'on ouvrait un des battants de la
fenêtre.

— Qui est là?

— C'est moi, Maigret.

Un petit rire, non sans une pointe de nervosité,
comme celui de quelqu'un qui, malgré tout, a eu
peur.

— Excusez-moi. Je rallume tout de suite.

Et, plus bas, comme pour elle-même :

— Le plus bête, c'est que je ne retrouve pas
le commutateur. Ah! voilà...

Elle dut en tourner deux, car non seulement le
salon fut à nouveau éclairé, mais une lampe s'al-
luma dans le jardin, presque au-dessus de la tête
du commissaire.

— Je vais vous ouvrir la porte.

Elle était vêtue comme il avait l'habitude de la
voir et, sur un guéridon, devant le fauteuil où il
l'avait surprise, des cartes étaient étalées pour
une réussite.

Elle trottait menu dans la maison vide, passait
d'une pièce à l'autre, tournait une clef, tirait
des verrous.

— Vous voyez que je ne suis pas si brave que

je le prétends et que je me barricade. Je ne m'attendais pas à votre visite.

Elle ne voulait pas lui poser de questions, mais elle était intriguée.

— Vous avez un moment? Entrez vous asseoir.

Et comme il jetait un coup d'oeil aux cartes :

— Il faut bien s'amuser toute seule, n'est-ce pas? Qu'est-ce que je vous offre?

— Savez-vous que, depuis que je suis à Etretat, je bois du matin au soir? Votre beau-fils Charles arrive le matin et me fait boire des picon-grenadine. Théo nous rejoint, et c'est pour offrir une tournée. Que je rencontre l'inspecteur, et nous entrons dans un café à bavarder. Je viens ici et la bouteille de calvados apparaît automatiquement sur la table. Le docteur n'est pas moins hospitalier. Les Trochu m'offrent du cidre.

— Ils vous ont bien reçu?

— Pas trop mal.

— Ils vous ont appris quelque chose d'intéressant?

— Peut-être. Il est difficile, avant la fin, de démêler ce qui est intéressant et ce qui ne l'est pas. Vous n'avez pas eu de visite depuis mon départ?

— Personne. C'est moi qui en ai rendu une. Je suis allée dire bonsoir à la vieille demoiselle Seuret. Elle est si âgée, en effet, que tout le monde la croit morte et qu'on ne va plus la voir. C'est ma plus proche voisine. Je pourrais m'y rendre en sautant la haie, si j'en avais encore l'âge.

» Vous voyez. Maintenant, je suis seule. Mon dragon est parti depuis belle lurette. Mon intention était de reprendre une domestique qui cou-

che à la maison, mais je me demande si je le ferai,
tant je me sens bien toute seule.

— Vous n'avez pas peur?

— Cela m'arrive, vous l'avez vu. Tout à
l'heure, quand j'ai entendu vos pas, j'ai un peu
perdu mon sang-froid. Je me suis demandé ce que
je ferais si je recevais la visite d'un rôdeur. Vous
allez me dire si mon plan est bon. D'abord éteindre la lumière dans la maison et ensuite allumer
celle du dehors, de façon à voir sans être vue.

— La méthode me paraît excellente.

— Seulement, tout à l'heure, j'ai oublié d'allumer dehors. Il faudra que j'essaie d'y penser la
prochaine fois et que je trouve le commutateur.

Il regarda ses pieds, constata qu'elle portait ses
chaussures et non des pantoufles. Mais se permet-
tait-elle, même chez elle, d'être en pantoufles,
ailleurs que dans sa chambre à coucher?

— Toujours rien de nouveau, monsieur Maigret?

Il était assis dans ce qui était déjà un peu son
fauteuil, et la pièce était encore plus intime le soir
que pendant la journée, avec ses ronds de lumière
tamisée sous les lampes et de larges pans de pé-
nombre. Le chat était en bas, sur un des fauteuils,
et il ne tarda pas à venir se frotter à la jambe du
commissaire en tenant la queue dressée.

— Vous ne connaissez pas le langage des chats?
plaisanta-t-elle.

— Non. Pourquoi?

— Parce qu'il est en train de vous demander
une caresse. Vous étiez inquiet de mon sort?

— J'ai voulu m'assurer que tout allait bien ici.

— Vous n'êtes pas encore rassuré? Dites-moi ! J'espère que vous ne condamnez pas un pauvre inspecteur à passer la nuit sur la route pour me protéger? Dans ce cas, il faudra me le dire, et je lui installerais un lit de camp dans la cuisine.

Elle était très gaie, une petite flamme dans les yeux. Elle avait apporté la carafe, se servait un verre aussi plein qu'à lui.

— Votre femme ne se plaint pas de votre métier?

— Elle a eu le temps de s'y habituer.

Engourdi, dans son fauteuil, il avait bourré une pipe, voyait l'heure à une pendule de bronze flanquée de deux amours joufflus.

— Vous faites beaucoup de réussites?

— Il existe peu de jeux de cartes qui se jouent à une seule personne, vous savez.

— La Rose ne jouait pas?

— J'ai essayé de lui apprendre la belote sans jamais y parvenir.

Elle dut se demander ce qu'il était venu faire. Peut-être, à certain moment, tant il paraissait éteint, craignit-elle qu'il s'assoupît dans son fauteuil, comme il l'avait fait l'après-midi.

— Je ferais mieux de regagner l'hôtel et mon lit, soupira-t-il.

— Un dernier verre?

— Vous en prendrez un avec moi?

— Oui.

— Alors, j'accepte. Je commence à connaître le chemin et ne risque plus de m'égarer. Je suppose que vous allez vous coucher, vous aussi?

— D'ici une demi-heure.

— Somnifère?

— Non. Je n'en ai pas acheté. Cela me fait un peu peur, maintenant.

— Vous dormez quand même?

— Je finis par m'endormir. Les vieilles gens n'ont pas besoin de beaucoup de sommeil.

— A demain.

— A demain.

Il fit encore craquer des branches, et la barrière grinça légèrement. Il resta un moment, debout au bord de la route, à regarder le bout du toit et la cheminée qui émergeaient de la verdure dans la lueur pâle de la lune.

Puis il releva le col de son veston, à cause de l'humidité froide, et se dirigea à grands pas vers la ville.

Il fit le tour des bistrots encore ouverts, non pour y entrer, mais seulement pour jeter un coup d'œil à l'intérieur, surpris de ne pas voir Henri, qui devait être toujours à la recherche de Théo.

Henri savait-il que celui-ci était rentré à l'hôtel? S'y était-il présenté pour voir?

Peut-être était-il reparti bredouille? Maigret ignorait à quelle heure son bateau quittait le port, à Fécamp, pour quinze jours de pêche en mer du Nord.

Il entra un instant au bar du casino, qui était vide, et où Charlie était en train de faire sa caisse.

— Vous n'avez pas vu un pêcheur?

— Le fils Trochu? Il y a au moins une heure qu'il est passé. Il avait déjà du vent dans les voiles.

— Il n'a rien dit?

— A moi, non. Il parlait tout seul. Il a failli oublier son sac ici et, en le jetant sur les épaules, il en a balayé le comptoir et cassé deux verres.

Castaing était à nouveau dehors, sans doute pour se tenir éveillé, et la lumière restait allumée dans la chambre de Théo.

— Vous n'avez pas rencontré le frère de Rose, patron? Il est passé tout à l'heure en zigzaguant.

— Il est entré à l'hôtel?

— Je ne sais même pas s'il a remarqué qu'il y avait un hôtel.

— Il t'a adressé la parole?

— Je me suis collé contre le mur.

— De quel côté se dirigeait-il?

— Il descendait la rue, puis, sans doute pour ne pas quitter le trottoir, il a tourné à droite. Qu'est-ce qu'on fait?

— Rien.

— On reste ici?

— Pourquoi pas?

— Vous croyez qu'il va sortir?

— Je ne le sais pas. C'est possible.

Alors, pour la seconde fois, Castaing se demanda si la réputation du commissaire n'était pas surfaite. En tout cas, il avait tort de boire.

— Va t'informer à l'hôtel si on est venu le demander et si on n'est pas monté chez lui...

Castaing revint quelques instants plus tard avec une réponse négative.

— Tu es sûr que, pendant que tu le suivais dans les bars, il n'a parlé à personne?

— Seulement pour commander à boire. Il me savait sur ses talons. Il me regardait de temps en temps d'un air hésitant. Je crois qu'il se

6

demandait si ce ne serait pas plus simple de boire ensemble.

— On ne lui a pas remis de lettres?

— Je n'ai rien vu de pareil. Vous ne pensez pas que vous feriez mieux d'aller manger un sandwich?

Maigret ne parut pas entendre, prit une pipe froide dans sa poche et la bourra lentement. Le halo autour du croissant de lune allait s'épaississant et on voyait comme une fumée venir du large et envahir peu à peu les rues.

Ce n'était pas encore le vrai brouillard, car la sirène ne se mettait pas à hurler.

— Dans huit jours, remarqua Castaing, il n'y aura plus ici que les gens du pays. Le personnel des hôtels s'en ira dans le Midi pour commencer une nouvelle saison, avec de nouveaux clients.

— Quelle heure as-tu?

— Onze heures moins vingt.

Quelque chose devait inquiéter Maigret qui, après un bon moment, annonça :

— Je te laisse un instant. Je passe à mon hôtel pour un coup de téléphone.

Il le donna de la cabine, appela, à Fécamp, le domicile de Charles Besson.

— Ici, Maigret. Je m'excuse de vous déranger. J'espère que vous n'étiez pas couché?

— Non. Vous avez du nouveau? Voilà maintenant ma femme qui a attrapé une bronchite et qui veut, quand même, assister demain à l'enterrement.

— Dites-moi, monsieur Besson. Votre femme n'a jamais possédé une bague ornée d'une grosse émeraude?

— Une quoi?

Il répéta.

— Non.

— Vous n'avez jamais vu de bague semblable autour de vous? Arlette, par exemple?

— Je ne pense pas?

— Je vous remercie.

— Allô! monsieur Maigret…

— Oui.

— Quelle est cette histoire de bague? Vous en avez trouvé une?

— Je ne sais pas encore. Je vous en reparlerai un de ces jours.

— Tout va bien, là-bas?

— Tout est calme en ce moment.

Maigret raccrocha, hésita, finit par demander le numéro d'Arlette, à Paris. Il eut la communication tout de suite, plus vite que la première. Ce fut une voix d'homme qui répondit, et c'était son premier contact avec Julien.

— Julien Sudre écoute, disait la voix calme et assez grave. Qui est à l'appareil?

— Commissaire Maigret. Je voudrais dire un mot à Mme Sudre.

Il l'entendit qui disait sans se troubler :

— C'est pour toi. Le commissaire.

— Allô! Il y a du nouveau?

— Je ne crois pas. Pas encore. Je voudrais seulement vous poser une question. On ne vous a jamais volé de bijoux?

— Pourquoi me demandez-vous ça?

— Répondez.

— Non. Je ne crois pas.

— Vous en avez beaucoup?

— Quelques-uns. Ils m'ont été donnés par mon mari.

— Avez-vous jamais possédé une bague ornée d'une émeraude de taille respectable?

Il y eut un court silence.

— Non.

— Vous ne vous souvenez pas d'une bague de ce genre?

— Je ne vois pas, non.

— Je vous remercie.

— Vous n'avez rien d'autre à me dire?

— Rien ce soir.

Elle n'avait pas envie qu'il raccroche. Elle aurait voulu, cela se sentait, qu'il parlât encore. Peut-être aurait-elle aimé parler, elle aussi, mais elle ne pouvait le faire en présence de son mari.

— Rien de désagréable? questionna-t-elle seulement.

— Rien. Bonne nuit. Je suppose que vous alliez vous coucher, tous les deux?

Elle crut à de l'ironie et laissa sèchement tomber.

— Oui. Bonsoir.

Il n'y avait personne que le gardien de nuit dans le hall de l'hôtel. Tout au bout était le fauteuil dans lequel il avait trouvé Arlette qui l'attendait le premier soir. Il ne la connaissait pas encore, à ce moment-là. Il ne connaissait encore personne.

Il regretta de n'avoir pas emporté son pardessus, faillit téléphoner à Mme Maigret pour lui dire bonsoir, haussa les épaules et alla rejoindre Castaing, qui continuait mélancoliquement sa planque. Dans cet hôtel-ci aussi, le hall était désert. Presque toutes les fenêtres, à l'exception de deux ou trois, étaient obscures, et une lumière s'éteignit encore, mais pas chez Théo.

— Je me demande ce qu'il peut faire, murmura Castaing. Sans doute lit-il dans son lit? A moins qu'il se soit endormi en oubliant d'éteindre?

— Quelle heure?

— Minuit.

— Tu es sûr que personne...

Et voilà que l'inspecteur se frappait le front, poussait un juron, grondait :

— Imbécile que je suis! J'ai oublié de vous dire...

— Quoi?

— Personne ne lui a parlé, c'est vrai. On ne lui a pas non plus remis de lettre. Mais, alors que nous étions au bar de la Poste, le second où il est entré, le patron, à un certain moment, lui a lancé :

— On vous demande au téléphone.

— Quelle heure était-il?

— Un peu plus de huit heures.

— On n'a pas dit qui l'appelait?

— Non. Il est entré dans la cabine. Je l'ai observé à travers la vitre. Ce n'était pas lui qui parlait. Il écoutait, en disant parfois : « Oui... » oui... »

— C'est tout?

— Je me demande comment cela a pu me sortir de la tête. J'espère que ce n'est pas grave, patron?

— Nous allons le savoir. Quelle tête avait-il en sortant de la cabine?

— Je ne pourrais pas dire exactement. Peut-être un peu surpris? peut-être intrigué? Mais pas fâché.

— Viens. Attends-moi dans le hall.

Il demanda au portier :

— La chambre de M. Besson?

— Le 29, au second étage. Je crois qu'il dort. Il a recommandé de ne pas le déranger.

Maigret passa sans fournir d'explication, s'engagea dans l'escalier, s'arrêta pour souffler et fut bientôt devant la porte blanche qui portait le numéro 29 en chiffres de cuivre. Il frappa, et on ne répondit pas. Il frappa plus fort, longtemps, se pencha sur la rampe.

— Castaing?

— Oui, patron.

— Demande un passe-partout. Ils doivent avoir un outil qui ouvre toutes les chambres.

Cela prit du temps. Maigret vida sa pipe sur le tapis, juste à côté d'un gros pot de faïence qui contenait du sable et des bouts de cigarettes.

Le portier marchait le premier, de mauvaise humeur.

— Comme vous voudrez! Vous vous expliquerez demain avec le patron. Police ou pas police, ce ne sont pas des manières.

Il choisit une clef dans un trousseau qui pendait au bout d'une chaîne, mais, avant d'ouvrir, frappa discrètement, colla l'oreille à la porte.

On vit enfin la chambre qui était vide, et dont le lit n'avait pas été défait. Maigret ouvrit un placard, aperçut un complet bleu marine, des souliers noirs et une gabardine. Le rasoir, la brosse à dents étaient dans la salle de bains.

— Ce monsieur a le droit de sortir, n'est-ce pas?

— Vous savez si son auto est au garage?

— C'est facile à contrôler.

Ils redescendirent. Au lieu de se diriger vers la grande entrée, ils suivirent un couloir, franchi-

rent quelques marches, et Maigret constata qu'une
petite porte, qui n'était pas fermée à clef, donnait
directement dans le garage.

Celui-ci était grand ouvert sur une place déserte.

— C'est celle-ci.

Le pauvre Castaing avait l'air d'un écolier qui
se demande quelles seront les conséquences d'une
bêtise.

— Où allons-nous?

— Où est ta voiture?

— En face de votre hôtel.

C'était à deux pas. Au moment où ils allaient
s'y installer, le gardien de nuit se précipita sur le
perron.

— Monsieur Maigret! Monsieur Maigret!...
On vient de téléphoner pour vous.

— Qui?

— Je ne sais pas.

— Une femme?

— C'était une voix d'homme. On vous demande
de passer tout de suite chez la vieille dame. Il
paraît que vous comprendrez.

Le trajet ne prit que quelques instants. Il y
avait déjà une auto devant la barrière.

— La voiture du docteur, remarqua Castaing.

Mais, même en approchant de la maison, on
n'entendait aucune voix. Toutes les pièces étaient
éclairées, y compris celles de l'étage. Ce fut
Théo Besson, très calme, qui ouvrit la porte,
et le commissaire le regarda avec stupeur.

— Qui est blessé?

Ses narines frémirent. Il reconnaissait, dans le
salon, l'odeur de la poudre refroidie. Sur le guéridon, où les cartes étaient encore éparses, il y
avait un gros revolver de l'armée.

Il passa dans la chambre d'amis où il entendait bouger, faillit renverser Valentine qui avait
les mains pleines de linges sanglants et qui le
regarda comme une somnambule.

Sur le lit qu'Arlette avait occupé, un homme
était étendu, le torse nu. Il portait encore son
pantalon, ses souliers. Le dos du docteur Jolly,
penché sur lui, cachait son visage, mais le gros
tissu bleu du pantalon avait déjà renseigné Maigret.

— Mort? questionna-t-il.

Le docteur tressaillit, se retourna, se redressa
comme avec soulagement.

— J'ai fait ce que j'ai pu, soupira-t-il.

Il y avait une seringue hypodermique sur la
table de nuit. La trousse du médecin, par terre,
était ouverte et en désordre. On voyait du sang
partout, et Maigret devait constater par la suite
qu'il y en avait une traînée dans le salon, et, dehors, dans le jardin.

— Quand Valentine m'a téléphoné, je suis accouru tout de suite, mais il était déjà trop tard.
Il a fallu que la balle se loge dans l'aorte! Même
une transfusion, si on avait pu la faire à temps,
aurait été inutile.

— C'est vous qui avez alerté mon hôtel?

— Oui, elle m'avait demandé de vous prévenir.

Elle était tout près d'eux, dans l'encadrement
de la porte, du sang sur les mains, du sang sur
sa robe.

— C'est épouvantable, dit-elle. Je me doutais
peu de ce qui arriverait quand vous êtes venu ce
soir. Tout cela parce que j'ai encore oublié de
pousser le second commutateur, celui qui allume
la lampe du jardin.

Il évitait de la regarder, poussait un soupir en
apercevant le visage d'Henry Trochu, qui était
mort à son tour. Peut-être pensait-il déjà à ce
qu'il allait dire à la famille, aux réactions de
celle-ci?

— Je vais vous expliquer.

— Je sais.

— Vous ne pouvez pas savoir. J'étais montée.
J'étais dans mon lit.

C'était la première fois, au fait, qu'il la voyait
en négligé. Ses cheveux étaient sur des bigoudis,
et elle avait glissé en hâte une robe sur ses vêtements de nuit, qui dépassaient.

— Je crois que j'avais fini par m'endormir
quand le chat a sauté brusquement à bas de mon
lit. C'est ce qui m'a réveillée. J'ai écouté. J'ai
entendu du bruit dehors, comme quand vous êtes
venu ce soir.

— Où était le revolver?

— Dans ma table de nuit. C'est le revolver
de mon mari. Il m'a donné l'habitude d'en avoir
toujours un, la nuit, à portée de la main. Je crois
vous l'avoir dit.

— Non. Peu importe.

— J'ai d'abord regardé par la fenêtre, mais il
faisait trop noir. J'ai passé une robe et je suis des-
cendue.

— Sans éclairer?

— Oui. Je ne voyais rien, mais j'entendais
quelqu'un qui essayait d'ouvrir la porte. J'ai demandé:

» — Qui est là?

» On n'a pas répondu.

— Vous avez tiré tout de suite?

— Je ne sais plus. J'ai dû poser la question

plusieurs fois pendant qu'on tripotait toujours
la serrure. J'ai tiré à travers les vitres. J'ai entendu l'homme s'écrouler, et je suis encore restée
un certain temps sans oser sortir.

— Vous ne saviez pas qui il était?

— Je ne m'en doutais pas. C'est alors seulement
que l'idée m'est venu d'allumer dehors. A travers la vitre brisée, j'ai vu un corps et, tout près,
un gros baluchon. Ma première idée a été que
c'était un rôdeur. Je suis enfin sortie par la porte
de la cuisine, et ce n'est qu'en m'approchant que
j'ai reconnu Henri.

— Il était en vie?

— Je ne sais pas. J'ai couru chez Mlle Seuret,
toujours le revolver à la main. Je lui ai crié de se
lever, que j'avais besoin de téléphoner tout de
suite, et elle a fini par venir ouvrir. J'ai appelé le
docteur Jolly et lui ai demandé de vous avertir,
ou de vous prendre en passant.

— Et Théo?

— Je l'ai trouvé devant la porte en revenant.

— Vous êtes revenue seule?

— Non. J'ai attendu le docteur sur la route.

Le docteur venait de recouvrir d'un pan de
drap le visage du mort et, tenant ses deux mains
sanglantes devant lui, se dirigeait vers la salle
de bain.

Maigret et Valentine étaient seuls près du corps,
dans la chambre trop petite où ils ne pouvaient
remuer, et le commissaire avait toujours sa pipe
aux dents.

— Qu'est-ce que Théo vous a dit?

— Je ne sais plus. Il n'a rien dit.

— Vous n'avez pas été surprise de le voir ici?

— Probablement. Je ne sais pas. N'oubliez pas

que je venais de tuer un homme. Pourquoi croyez-vous que Henri ait tenté de s'introduire chez moi?

Il ne répondit pas, se dirigea vers le salon, où il trouva Castaing et Théo face à face, debout, aussi silencieux l'un que l'autre. Des deux, c'était l'inspecteur le plus anxieux, et c'est un regard désespéré qu'il lança au commissaire.

— C'est ma faute, n'est-ce pas?

— Ce n'est pas sûr.

Théo Besson avait l'air ennuyé d'un homme du monde surpris dans une situation gênante.

— Vous vous trouviez par hasard dans les environs, je suppose?

Il ne répondit pas, et il paraissait excuser Maigret de l'interpeller aussi grossièrement.

— Viens par ici, toi.

Il entraîna Castaing dehors, où il vit du sang sur les pavés, le sac de pêcheur resté où il était tombé.

— Tu vas filer à son hôtel. J'ai besoin de savoir si Théo a reçu un coup de téléphone pendant la soirée. Si, par hasard, on ne pouvait pas te répondre, fais le tour des bars où Henri a traîné.

— Ils sont fermés.

— Sonne!

— Qu'est-ce que je dois demander?

— S'il a téléphoné.

Castaing ne comprenait pas, mais il avait à cœur de réparer sa bévue dans la mesure du possible, et il se précipita vers la Simca, qu'on entendit bientôt s'éloigner.

Le docteur Jolly et Valentine descendaient de la salle de bain, et les mains du médecin étaient blanches, sentaient encore le savon.

— C'est en vain que j'insiste pour qu'elle se

couche et qu'elle se laisse faire une piqûre. Pour le moment, elle vit sur ses nerfs. Elle se croit forte. Je ne serai pas parti d'un quart d'heure qu'elle va s'écrouler. Je ne comprends d'ailleurs pas comment elle a pu faire tout ce qu'elle a fait.

— J'ai tué ce pauvre garçon, murmura Valentine en regardant tour à tour Maigret et Théo, qui restait immobile et silencieux dans son coin.

— Vous ne voulez pas insister? Elle dormirait quelques heures d'un sommeil de plomb et, demain, serait d'attaque.

— Je ne pense pas que ce soit nécessaire.

Jolly fronça les sourcils, mais s'inclina, chercha son chapeau autour de lui.

— Je suppose que je téléphone au Havre, comme dimanche dernier, pour qu'on vienne prendre le corps? Il y aura probablement autopsie?

— Certainement.

— Vous ne voulez pas que je fasse un message de votre part.

— Merci.

Il alla s'incliner devant la vieille dame et on put croire qu'il allait lui baiser la main.

— Vous avez tort! J'ai laissé à tout hasard quelques tablettes dans votre chambre. Vous pouvez en prendre une toutes les deux heures.

Il salua Théo de la tête, revint vers Maigret, ne sut que dire.

— Je suis, bien entendu, à votre disposition quand il vous plaira.

Il s'en alla, et ce fut le silence. Quand on cessa d'entendre le moteur de l'auto, Valentine, comme par contenance, ouvrit l'armoire et prit la carafe de calvados. Elle allait la poser sur la table quand Maigret la lui arracha brutalement des mains, d'un geste inattendu, et la lança violemment sur le sol.

— Asseyez-vous, vous deux ! dit-il alors d'une voix qui frémissait de colère.

Ils durent à peine se rendre compte qu'ils obéissaient, tandis qu'il restait debout, les mains derrière le dos, puis se mettait à marcher de long en large, comme il avait l'habitude de le faire dans son bureau du Quai des Orfèvres.

Castaing revenait déjà, et la sirène de brume commençait à lancer son appel lugubre dans la nuit.

9

LE CRIME DE THEO

ON ENTENDAIT CAS-
taing arrêter son moteur, descendre de voiture,
rester un moment sur la route avant de pousser
la barrière, et Maigret ne disait toujours rien.
Théo, assis dans le fauteuil que le commissaire
occupait quelques heures plus tôt, s'efforçait de
ressembler malgré tout au duc de Windsor, tandis que Valentine regardait tour à tour les deux
hommes, son regard allant si vivement de l'un
à l'autre qu'il faisait penser à celui d'un jeune
animal.

Castaing traversait le jardin, pénétrait dans
la maison et, surpris par le silence, par la bouteille cassée, se demandait ce qu'il devait faire,
où il devait se mettre. N'appartenant pas au
Quai des Orfèvres, il n'avait jamais vu Maigret
dans ces circonstances-là.

— Eh bien ! mon petit ?

— J'ai eu le patron de l'hôtel, qui était couché, mais qui m'a parlé au bout du fil. C'est lui

qui, du bureau, a passé la communication à Théo
non pas dans la chambre, car il n'y a pas le téléphone dans les chambres, mais à l'appareil qui
est au fond du corridor de chaque étage. Il
était environ dix heures et demie. Celui qui parlait était ivre.

— Tu as du papier, un crayon?

— J'ai mon carnet de notes.

— Assieds-toi devant cette table. Mets-toi à ton
aise, car tu en as probablement pour un bout
de temps. Tu enregistreras leurs réponses.

Il se remit en marche, toujours suivi par le regard de la vieille dame, tandis que Théo fixait
le bout de ses chaussures.

C'est devant lui qu'il finit par se camper, non
plus en colère, mais avec du mépris dans la voix.

— Vous vous attendiez à ce que Henri vînt à
Etretat ce soir?

— Non.

— S'il ne vous avait pas téléphoné, vous seriez
venu à *La Bicoque.*

— Je ne sais pas. C'est possible.

— Où étiez-vous quand il a été abattu? Sur la
route? Dans le jardin?

— Dans le jardin, près de la barrière.

Valentine sursauta en apprenant qu'elle était
passée tout près de son beau-fils alors qu'elle
courait chez la vieille Mlle Seuret pour téléphoner
au docteur.

— Vous étiez fier de vous?

— Cela me regarde.

— Vous saviez qu'elle possédait un revolver?

— Je savais qu'elle avait gardé le revolver de
mon père. Dites-moi, monsieur le commissaire,
voulez-vous me dire si...

— Rien du tout ! Les questions, c'est moi qui les pose.

— Et si je refusais de répondre ?

— Cela ne changerait absolument rien, sauf que cela me déciderait peut-être à vous flanquer ma main sur la figure, comme j'en ai envie depuis un quart d'heure.

Malgré le tragique des circonstances, malgré le mort qui était encore dans la pièce voisine, Valentine ne put s'empêcher d'avoir un petit sourire satisfait, presque joyeux.

— Depuis quand savez-vous ?

— De quoi parlez-vous ?

— Ecoutez, Besson. Je vous conseille de ne pas faire l'imbécile. Depuis quand savez-vous que les bijoux de votre belle-mère n'ont jamais été vendus et que ce sont les originaux qu'elle a conservés, et non des répliques, comme on a essayé de le faire croire ?

Elle tressaillit à son tour, regarda Maigret avec stupeur, avec une involontaire admiration, s'agita dans son fauteuil comme si elle voulait prendre la parole, mais il ne lui accorda pas la moindre attention.

— Je m'en suis toujours douté.

— Pourquoi ?

— Parce que je la connaissais et que je connaissais mon père.

— Vous voulez dire qu'elle avait peur de la misère et qu'elle n'était pas femme à ne pas prendre ses précautions ?

— Oui. Et mon père faisait toutes ses volontés.

— Ils étaient mariés sous le régime de la communauté des biens ?

— Oui.

— A combien évaluez-vous la valeur des bijoux?

— Probablement à plusieurs millions au cours
actuel. Il doit y en avoir dont nous ne connaissons
pas l'existence, car mon père était gêné devant
nous de tant dépenser pour elle.

— Lorsqu'il est mort et que l'on vous a dit que
les bijoux étaient vendus depuis longtemps, vous
n'en avez pas parlé à votre frère, ni à Arlette?

— Non.

— Pourquoi?

— Je n'étais pas sûr.

— N'est-ce pas, plus exactement, parce que
vous comptiez vous arranger avec Valentine?

Celle-ci ne perdait pas une des syllabes prononcées, pas un geste de Maigret, pas une expression
de Théo. Elle enregistrait tout, beaucoup mieux
que Castaing, dont la sténographie était rudimen-
taire.

— Je ne répondrai pas à cette question.

— Qui est indigne de vous, n'est-ce pas? Vous
en avez parlé à Valentine elle-même?

— Pas davantage.

— Parce que vous la saviez plus fortiche que
vous et que vous attendiez de posséder une preuve.
Comment avez-vous obtenu cette preuve? Depuis
quand?

— Je me suis renseigné auprès d'amis que j'ai
dans le monde des diamantaires au sujet de certains des bijoux qui ne peuvent pas passer ina-
perçus, et c'est ainsi que j'ai appris qu'ils n'a-
vaient pas été remis dans le commerce, en tout
cas pas en France, et probablement pas en Eu-
rope.

— Vous avez patiemment attendu cinq ans.

— J'avais encore un peu d'argent. J'ai réussi quelques affaires.

— Cette année, comme vous vous trouviez au bout de votre rouleau, vous êtes venu passer vos vacances à Etretat. Ce n'est pas par hasard que vous avez fait la connaissance de la Rose et que vous vous êtes mis à flatter ses manies?

Silence. Valentine tendait le cou, comme un oiseau, et c'était la première fois que Maigret voyait à nu son cou de vieille femme, généralement caché par un large ruban de velours noir orné d'une perle.

— Maintenant, réfléchissez avant de répondre. Est-ce que, quand vous l'avez rencontrée, la Rose savait déjà, ou est-ce à votre instigation qu'elle s'est mise à fureter dans la maison?

— Elle furetait avant de me connaître.

— Pourquoi?

— Par curiosité, et parce qu'elle détestait ma belle-mère.

— Elle avait une raison de la détester?

— Elle la trouvait dure et orgueilleuse. Elles vivaient toutes les deux, dans cette maison, pour ainsi dire sur le pied de guerre, et c'est à peine si elles se le cachaient, l'une et l'autre.

— Rose avait pensé aux bijoux?

— Non. Elle a fait un trou, avec une vrille, dans la cloison qui sépare les deux chambres.

Valentine s'agita, indignée, et on aurait pu croire qu'elle allait monter tout de suite pour s'assurer de cette énormité.

— Quand était-ce?

— Il y a une quinzaine de jours, un après-midi, que Valentine prenait le thé chez Mlle Seúret.

— Qu'a-t-elle vu par le trou?

— Rien tout de suite. Il a fallu attendre plusieurs jours. Un soir, après avoir fait semblant de dormir et de ronfler, elle s'est relevée sans bruit, et elle a vu Valentine ouvrir le bahut en face de son lit.

— Rose n'avait jamais regardé à l'intérieur?

— Tous les tiroirs, toutes les armoires de la maison sont fermés à clef, et Valentine garde les clefs sur elle. Même pour prendre une boîte de sardines, Rose devait faire appel à elle.

— Comment, dans ce cas, a-t-elle pu s'emparer d'une des bagues?

— Pendant que Valentine prenait son bain. Elle ne m'en avait pas parlé d'avance. Elle a dû préparer son coup avec soin, le minuter, pour ainsi dire.

— Vous avez vu la bague?

— Oui.

— Que comptait-elle en faire?

— Rien. Elle ne pouvait pas la porter sans se trahir. C'était plutôt, de sa part, une sorte de vengeance.

— Vous n'avez pas pensé que votre belle-mère s'en apercevrait?

— Peut-être.

— Avouez que vous avez laissé faire, pour voir quelle serait sa réaction?

— C'est possible.

— Vous vous seriez contenté de partager, n'est-ce pas, sans en parler à Charles et à Arlette?

— Je ne répondrai pas.

— Je suppose que vous êtes persuadé que l'on n'a aucun recours contre vous?

— Je n'ai tué personne.

Elle s'agita encore, avec l'envie de lever la main, comme à l'école pour avoir la parole.

— C'est tout ce que j'ai à vous demander.

— Je dois sortir?

— Vous pouvez rester.

— Je suis libre?

— Pas jusqu'à nouvel ordre.

Maigret se remit en marche, un peu rouge, à présent qu'il allait s'en prendre à la vieille dame.

— Vous avez entendu?

— Tout ce qu'il a dit est faux.

Il tira la bague de la poche de son gilet, la lui montra.

— Vous niez que les véritables bijoux sont dans votre chambre? Vous voulez que je prenne vos clefs et que j'aille les chercher?

— C'était mon droit. Mon mari était d'accord. Il trouvait que ses fils étaient assez grands pour se débrouiller, et il ne voulait pas laisser une vieille femme comme moi sans ressources. Si les enfants avaient su, ils auraient fait vendre et, un an plus tard, se seraient quand même trouvés aussi mal en point.

Il évitait de la regarder.

— Pourquoi détestiez-vous la Rose?

— Je ne la détestais pas. Je m'en méfiais, et les événements prouvent que j'avais raison. C'est elle qui m'avait prise en grippe, alors que j'avais tout fait pour elle.

— Quand avez-vous découvert que la bague manquait?

Elle ouvrit la bouche, faillit répondre, puis son regard se durcit.

— Je ne répondrai plus à vos questions.

— Comme vous l'entendrez.

Il se tourna vers Castaing.

— Continue quand même à prendre note.

Et, arpentant lourdement la pièce, dont il faisait trembler les bibelots, il monologua:

— C'est probablement la semaine dernière, avant mercredi, que vous avez fait cette découverte. La Rose était la seule personne qui pouvait vous avoir vue et s'être emparée de la bague. Sans doute avez-vous fouillé ses affaires, sans rien trouver. Quand elle est sortie, mercredi, vous l'avez suivie et l'avez vue rejoindre Théo à Etretat.

» Vous avez commencé à avoir vraiment peur.

» Vous ne saviez pas si elle lui en avait parlé. Vous soupçonniez que c'était à cause des bijoux qu'il était ici. »

Malgré sa résolution de se taire, elle ne put s'empêcher de lancer :

— Du jour où il aurait su, ma vie aurait été en danger.

— C'est fort possible. Remarquez que je ne vous ai rien demandé. Interrompez-moi si vous le désirez, mais je n'ai pas besoin de confirmation.

» Vous avez décidé de supprimer la Rose avant qu'elle ait le temps de vous trahir — tout au moins vous l'espériez — et vous avez profité d'une occasion unique qui vous était offerte. Le fameux 3 septembre! Le seul jour de l'année où toute la famille se trouve réunie ici, cette famille que vous haïssez, y compris votre fille. »

Elle ouvrit la bouche une fois encore, mais il ne lui laissa pas le temps d'intervenir.

— Vous connaissiez, vous, la passion de votre bonne pour les médicaments, pour tous les médicaments, quels qu'ils fussent. Sans doute l'aviez-vous vue en chiper dans votre pharmacie. Le soir, elle devait avoir l'habitude de finir votre verre quand vous laissiez un fond de somnifère.

» Voyez-vous, ce crime-là est un crime de femme, et même un crime de vieille femme solitaire. C'est un de ces crimes mijotés auxquels on pense amoureusement pendant des heures et des heures, en ajoutant sans cesse des fioritures.

» Comment vous soupçonner, alors que c'était à vous que le poison était apparemment destiné?

» C'était sur votre fille, sur les autres que les soupçons retomberaient fatalement.

» Il vous suffisait de déclarer que vous aviez trouvé la potion amère, que vous l'aviez dit à votre servante. Or je suis sûr que vous vous en êtes bien gardée.

— Elle l'aurait bue quand même!

Elle n'était pas abattue, comme on aurait pu le croire. Elle restait là, tendue, sans perdre un mot de ce qui se disait, et sans doute préparait-elle d'avance sa riposte.

— Vous étiez persuadée que l'enquête serait faite par la police locale, qui n'y verrait que du feu. Vous n'avez commencé à avoir peur que quand vous avez appris que Charles Besson s'était arrangé pour que je sois envoyé de Paris.

— Vous êtes modeste, monsieur Maigret.

— Je ne sais pas si je suis modeste, mais vous avez commis la faute d'accourir au Quai des Orfèvres afin de vous donner le mérite de vous être adressée à moi.

— Et comment, voulez-vous me le dire, ai-je su que Charles avait pensé à vous?

— Je l'ignore. C'est un détail qui s'éclairera par la suite.

— Il y aura beaucoup de détails à éclaircir, car vous n'avez aucune preuve de ce que vous avancez avec tant d'assurance.

Maigret ignora le défi.

— C'est comme pour les bijoux. Voici mes clefs. Elles sont devant vous sur la table. Montez là-haut et cherchez.

Il s'arrêta de marcher, la regarda dans les yeux, intrigué par ce nouveau problème, eut l'air de parler pour lui-même.

— Peut-être avez-vous profité de votre voyage à Paris pour les déposer quelque part? Non! Vous ne les auriez pas cachés si loin. Vous ne les avez pas déposés dans une banque, où cela laisse des traces.

Elle souriait d'un sourire narquois.

— Cherchez!

— Je trouverai.

— Si vous ne les trouvez pas, rien de ce que vous affirmez ne tient debout.

— Nous y reviendrons en temps voulu.

Il regrettait amèrement d'avoir brisé la bouteille d'alcool dans un mouvement de colère, car il en aurait bu volontiers une gorgée.

— Ce n'est pas par hasard que, tout à l'heure, quand je suis passé vous dire bonsoir, je vous ai parlé des relations entre la Rose et Théo Besson, ni de leur rencontre de mercredi. Je savais que cela amènerait une réaction de votre part et que, par crainte que je questionne Théo et qu'il parle, vous essayeriez de le voir, peut-être de le faire taire définitivement. Je me demandais comment vous vous y prendriez pour le rejoindre sans être vue. Je n'ai pas pensé au téléphone. Plus exactement, je n'ai pas pensé à la vieille Mlle Seuret qui habite à deux pas et à qui vous avez l'habitude de rendre visite.

Il se tourna vers Théo.

— Vous la connaissez?

— Il y a plusieurs années que je ne l'ai vue.

— Elle est infirme?

— Elle était déjà à moitié sourde et aveugle à cette époque-là.

— Dans ce cas, c'est chez elle que nous avons toutes les chances de trouver les bijoux.

— Vous êtes en train d'inventer une histoire de toutes pièces, dit-elle rageusement. Vous parlez, vous parlez, en vous disant qu'il vous arrivera bien une fois de tomber juste. Si vous croyez que c'est malin?

— C'est de chez elle que vous avez téléphoné à Théo, et sans doute avez-vous dû appeler plusieurs numéros, puisque c'est dans un bar que vous l'avez enfin trouvé. Vous lui avez dit que vous vouliez lui parler, et il a compris. Or vous n'aviez aucune intention de lui parler.

» Voyez-vous, vos deux crimes ne sont pas seulement des crimes de solitaires, mais des crimes de vieille femme.

» Vous êtes intelligente, Valentine! »

Elle se rengorgea, sensible, malgré tout, au compliment.

— Il fallait faire taire Théo, et cependant éviter de me mettre la puce à l'oreille. Il y avait bien un moyen, qui aurait probablement marché, mais que vous répugniez à choisir: c'était de lui offrir de partager.

» Vous avez trop le sens de la propriété pour cela. L'idée de vous séparer d'une partie de ces

fameux bijoux qui ne vous aident même pas à
vivre, qui ne vous serviront jamais à rien, vous a
paru tellement monstrueuse que vous avez préfé-
ré tuer une seconde fois.

» Vous avez demandé à Théo de venir vous voir
à minuit sans en parler à personne.

» C'est bien ce qu'elle vous a demandé, monsieur Besson?

— Vous comprendrez qu'il soit délicat pour
moi de répondre à cette question. Un gentleman...

— Canaille! Un gentleman mêle-t-il une bonniche à ses affaires de famille et l'incite-t-il à com-
mettre un vol parce que ça l'arrange? Un gentleman envoie-t-il quelqu'un se faire tuer à sa
place?

» Au fond, monsieur Besson, après le coup de
téléphone de Valentine, vous étiez à la fois triomphant et effrayé. Triomphant, parce que vous
aviez gagné la partie, parce que son appel indi-
quait qu'elle était prête à composer. Effrayé,
parce que vous la connaissiez, parce que vous
vous êtes rendu compte que ce n'était pas de
gaieté de cœur qu'elle allait acheter votre silence.

» Vous avez flairé un piège. Ce rendez-vous,
ici à minuit, ne vous disait rien de bon.

» Vous êtes rentré à votre hôtel pour réfléchir.
Vous avez eu la veine que ce pauvre Henri, qui
avait bu, vous appelle au téléphone.

» Je venais d'avoir avec lui une conversation
qui lui faisait travailler l'esprit. Il s'était mis
à boire, et il avait envie de vous voir, je ne sais
pas pourquoi au juste; peut-être ne le savait-il
pas trop lui-même.

» Alors vous l'avez envoyé en éclaireur, en lui
disant de se trouver ici à minuit exactement.

» De sorte que c'est lui qui s'est fait prendre au piège de Valentine.

» Je vous tire mon chapeau, madame. Le meurtre de Rose était admirablement conçu, mais celui-ci était d'une habileté diabolique.

» Jusqu'au coup du commutateur, que vous m'avez fait ce soir, qui vous donnait l'excuse d'avoir, dans votre émoi, tiré sans allumer dehors.

» Seulement, c'est Henri qui est mort. Le frère et la sœur la même semaine !...

» Savez-vous ce que je ferais, si je n'appartenais pas à la police ?

» Je vous laisserais ici sous la garde de l'inspecteur, pendant que j'irais à Yport raconter cette histoire à un certain Trochu et à sa femme.

» Je leur dirais comment, pourquoi, pour quels intérêts sordides ils ont perdu deux enfants dans la force de l'âge, en l'espace de quelques jours.

» Je les ramènerais ici, eux et les frères et sœurs de vos victimes, avec leurs voisins et amis. »

Il put voir Théo, devenu livide, serrer convulsivement les doigts sur le bras de son fauteuil. Quant à Valentine, elle bondit, affolée.

— Vous n'avez pas le droit de faire ça ! Qu'est-ce que vous attendez pour nous emmener au Havre ? Vous êtes obligé de nous arrêter, de m'arrêter en tout cas.

— Vous avouez ?

— Je n'avoue pas; mais vous m'accusez, et vous n'avez pas le droit de me laisser ici.

Qui sait si les Trochu n'étaient pas déjà alertés et s'ils n'allaient pas accourir ?

— Nous sommes dans un pays civilisé, et tout le monde a le droit d'être jugé.

Elle tendait maintenant l'oreille aux bruits du

dehors, faillit se jeter contre Maigret comme pour
se protéger quand elle entendit le bruit d'une auto, puis des pas dans le jardin.

On la sentait tout près de la crise nerveuse.
Son visage avait perdu sa joliesse et ses yeux
exprimaient la panique, ses ongles s'enfonçaient
dans les poignets du commissaire.

— Vous n'avez pas le droit! Vous n'avez pas...

Ce n'étaient pas les Trochu, qui ne savaient
rien encore, mais le fourgon qu'on envoyait du Havre, ainsi qu'une voiture de policiers et de spécialistes.

Pendant une demi-heure, la maison leur fut
livrée. Le corps d'Henri fut emporté sur une
civière, tandis qu'un expert prenait, par acquit
de conscience, des photographies des lieux, y
compris de la vitre que la balle avait fracassée.

— Vous pouvez aller vous habiller.

— Et moi? questionna un Théo Besson dégon-
flé, qui ne savait où se mettre.

— Vous, je pense que c'est avec votre conscience
qu'il faudra essayer de vous arranger.

Une autre auto s'arrêtait sur la route, et Charles
Besson se précipita dans la maison.

— Que s'est-il passé?

— Je vous attendais plus tôt, lui répondit sèchement Maigret.

Comme sans comprendre ce que cette phrase
impliquait, le député s'excusa:

— J'ai crevé un pneu sur la route.

— Qu'est-ce qui vous a décidé à venir?

— Quand vous m'avez parlé au téléphone de
la bague, tout à l'heure.

— Je sais. Vous l'avez reconnue à sa descrip-
tion.

— J'ai compris que c'était Théo qui avait raison.

— Parce que vous saviez que Théo soupçonnait votre belle-mère d'avoir conservé les bijoux? Il vous l'avait dit?

Les deux frères se regardaient froidement.

— Il ne me l'a pas dit, mais je l'ai compris à son attitude quand on a effectué le partage.

— Vous êtes accouru pour avoir votre part? Vous en avez oublié l'enterrement de votre belle-mère Montet, demain matin?

— Pourquoi me parlez-vous durement? Je ne sais rien. Qui vient-on de transporter dans le fourgon?

— Dites-moi d'abord ce que vous êtes venu faire?

— Je ne sais pas. Quand vous m'avez parlé de la bague, j'ai compris qu'il y aurait du vilain, que Théo tenterait quelque chose et que Valentine ne se laisserait pas faire.

— Eh bien! il s'est passé quelque chose, en effet, mais votre aîné a eu soin d'envoyer quelqu'un se faire tuer à sa place.

— Qui?

— Henri Trochu.

— Les parents savent?

— Pas encore, et je me demande si je ne vais pas vous charger d'aller leur annoncer la nouvelle. Après tout, vous êtes leur député.

— Je ne le serai probablement plus après ce scandale. Et la Rose? Qui est-ce...?

— Vous ne l'avez pas deviné?

— Quand vous m'avez parlé de la pierre, j'ai pensé...

— A votre belle-mère! C'est elle. Vous expliquerez tout cela à vos électeurs.

— Mais je n'ai rien fait, moi!

Il y avait longtemps que Castaing, qui ne prenait plus de notes, regardait Maigret avec stupeur, tout en tendant l'oreille aux bruits du premier étage.

— Vous êtes prête? cria le commissaire dans l'escalier.

Et, comme elle ne répondait pas tout de suite, il lut la crainte sur le visage de l'inspecteur.

— N'aie pas peur! Ces femmes-là, ça ne se tue pas. Elle se défendra jusqu'au bout, avec bec et ongles, et trouvera le moyen de s'offrir les meilleurs avocats. Et elle sait qu'on ne coupe plus les têtes des vieilles femmes.

Valentine descendait, en effet, aussi petite marquise que quand il l'avait vue pour la première fois, avec ses cheveux immaculés, ses grands yeux clairs, sa robe noire sans un faux pli et un gros diamant à son corsage: une des « répliques », évidemment.

— Vous me passez les menottes?

— Je commence à croire que vous en seriez enchantée, parce que ça ferait plus théâtral et que cela vous donnerait l'air d'une victime. Emmène-la, toi.

— Vous ne nous accompagnez pas au Havre?

— Non.

— Vous rentrez à Paris?

— Demain matin, quand je serai allé chercher les bijoux.

— Vous enverrez le rapport?

— Tu le rédigeras toi-même. Tu en connais autant que moi.

Castaing ne savait plus trop bien où il en était.

— Et celui-là?

Il désignait Théo, qui venait d'allumer une cigarette et qui évitait de s'approcher de son frère.

— Il n'a commis aucun crime qui tombe sous le coup de la loi. Il est trop lâche. Tu le retrouveras toujours quand tu en auras besoin.

— Je peux quitter Etretat? fit Théo avec soulagement.

— Quand vous voudrez.

— Pouvez-vous me faire accompagner jusqu'à l'hôtel, afin que j'y prenne ma voiture et mes affaires?

Comme Valentine, il avait une peur bleue des Trochu. Maigret désigna un des inspecteurs du Havre.

— Va avec monsieur. Je t'autorise, en guise d'adieu, à lui botter le derrière.

Au moment de quitter *La Bicoque,* Valentine se retourna vers Maigret et lui lança, la lèvre retroussée:

— Vous vous croyez malin, mais vous n'avez pas encore le dernier mot.

Quand il regarda sa montre, il était trois heures et demie du matin, et la sirène de brume hurlait toujours dans la nuit. Il n'avait plus avec lui qu'un inspecteur du Havre, qui achevait de mettre les scellés sur les portes, et Charles Besson qui ne savait que faire de son grand corps.

— Je me demande pourquoi vous avez été si méchant avec moi, tout à l'heure, alors que je n'ai rien fait?

C'était vrai, et Maigret eut presque un remords.

— Je vous jure que je ne me suis jamais imaginé que Valentine...

— Vous voulez m'accompagner?

— Où ça?

— A Yport.

— Vous y tenez vraiment?

— Cela m'évitera d'aller chercher un taxi, ce qui ne doit pas être facile à cette heure-ci.

Il le regretta un peu, car Charles, nerveux, donnait des coups de volant alarmants. Il arrêta l'auto aussi loin que possible de la petite maison, qui n'était qu'une tache dans le brouillard.

— Il faut que je vous attende?

— S'il vous plaît.

Besson, à l'abri dans l'obscurité de l'auto, entendit les coups frappés à la porte, la voix du commissaire qui disait :

— C'est moi, Maigret.

Charles vit une lampe s'allumer, la porte s'ouvrir et se refermer, et il coupa du bout des dents la pointe d'un cigare.

Une demi-heure s'écoula, pendant laquelle il fut plus d'une fois tenté de partir. Puis la porte s'ouvrit à nouveau. Trois personnages se dirigèrent lentement vers la voiture. Maigret ouvrit la portière, parla d'une voix basse, feutrée :

— Vous me laisserez tomber à Etretat en passant, et vous les conduirez au Havre.

De temps en temps, la mère, qui portait ses voiles du jour de l'enterrement, étouffait un sanglot dans son mouchoir.

Quant au père, il ne prononça pas un mot. Maigret ne dit rien non plus.

Lorsqu'il descendit de l'auto, à Etretat, devant son hôtel, il se retourna vers l'intérieur, ouvrit

la bouche, ne trouva pas de paroles et tira lentement son chapeau.

Il ne se déshabilla pas, ne se coucha pas. A
sept heures du matin, il se faisait conduire en
taxi chez la vieille demoiselle Seuret, et le même
taxi le déposa à la gare, à temps, pour le train
de huit heures. Outre ses valises, il avait à la
main un petit sac en maroquin, recouvert d'une
housse du même bleu candide que les yeux de Valentine.

Le 8 décembre 1950.

Achevé d'imprimer en janvier 1985
sur les presses de l'Imprimerie Bussière
à Saint-Amand (Cher)

— N° d'édit. 223. — N° d'imp. 3103. —
Dépôt légal : 4e trimestre 1955.
Imprimé en France